혀끝의남자

백민석은 1971년 서울에서 태어나 서울예술대학 문예창작과를 졸업했다. 1995년 『문학과 사회』에 「내가 사랑한 캔디」를 발표하면서 문단에 등장했다. 소설집 『16믿거나말거나박물지』 『장원의 심부름꾼 소년』, 장편소설 『헤이, 우리 소풍 간다』 『내가 사랑한 캔디』 『불쌍한 꼬마 한스』 『목화밭 엽기전』 『러셔』 『죽은 올빼미 농장』이 있다.

백민석 소설집

혀끝의 남자

초판 1쇄 발행 2013년 11월 25일

지은이 백민석
펴낸이 주일우
펴낸곳 ㈜**문학과지성사**
등록번호 제1993-000098호
주소 121-840 서울 마포구 서교동 395-2
전화 02) 338-7224
팩스 02) 323-4180(편집) / 02) 338-7221(영업)
전자우편 moonji@moonji.com
홈페이지 www.moonji.com

ISBN 978-89-320-2468-4

백
민
석   소
      설
      집

허끝의 남자

㈜문학과지성사
2013

차례

허끝의 남자

나는 혀끝의 남자를 보았다.

남자는 머리에 불을 이고 혀끝을 걷고 있었다.

남자가 걸음을 내디딜 때마다 혀에서 불꽃이 일었다. 입이 바싹바싹 말라갔다. 단내가 사방으로 넘쳐흘렀다.

남자의 등은 약간 굽었고 어깨도 조금 처져 있었다. 불이 목덜미까지 내려와 있었다. 하지만 남자는 동요 없이 혀끝을 걷고 있었다. 한 발 한 발을 고요 속에 내딛고 있었다.

남자는 이쪽을 향해 고개를 돌렸다. 불의 뿌리가 이마까지 적시고 있었다. 표정은 모호했다.

남자가 나를 보았는지는 알 수 없었다. 한쪽 눈매가 이쪽을 향해 있었지만 시선이 마주쳤다는 느낌은 들지 않았다.

남자는 내가 아는 어떤 인물과도 닮지 않았다. 내가 아는 어떤 인물도 남자처럼 불타는 머리를 갖고 있지 않았다. 머리에 불을 인 채 혀끝을 걷지 않았다.

나는 혀끝의 남자를 보았다. 남자는 머리에 불을 붙이고 고요 속을 걷고 있었다.

아그라

처음 만났을 때 여자는 옆 숙소 옥상에서 원숭이들에게 비스킷 조각을 던져주고 있었다. 빨랫줄에 널린 옷가지들이 저녁 바람에 부풀어 오르고 있었다. 여자도 나처럼 폭염을 달래줄 물기를 머금은 바람을 찾아 옥상으로 올라온 것이었다. 일 층 이 층짜리 주택의 옥상들로 이루어진 단출한 스카이라인의 저편 끝은 벌써 황혼에 잠기고 있었다. 여자는 나와 눈이 마주치자 살짝 웃어 보이더니 고개를 까닥였다. 내가 일본인인지 한국인인지 몰라 망설이고 있는데 여자가 원숭이들에게 오지 마, 오지마, 하고 소리를 질러댔다.

"난 여름만 세번째예요. 지난겨울에는 호주에 있었거든요."

인도 아이가 올라와 원숭이들을 쫓아내는 동안 여자는 허리를 구부렸다 폈다 하며 앵글을 잡곤 아이의 사진을 찍었다. 그러면서 여자와 나는 한 시간이면 소똥도 말려버리는 이 나라의 더위에 대해, 그리고 이 더위를 이용해 소똥을 벽에 붙여놓았다가 말려서 아궁이 연료로 쓰는 이 나라에 대해 이야기를 주고 받았다. 원숭이들이 다른 옥상으로 옮겨 가자 여자는 남은 비스킷을 인도 아이에게 쥐여주었다. 다닥다닥한 옥상들이 석양 빛에 힘없이 물들었다가는 빠르게 어두워졌다.

나는 샤워를 하고 숙소를 나섰다. 흰 암소가 옆집 대문 앞에 와서 울고 있었다. 흰 암소는 두 발을 대문 앞 섬돌에 올려놓고 이마로 문을 살짝 밀어 틈을 낸 다음 안쪽으로 향해 나지막이 울음소리를 냈다. 새끼도 하나 딸려 있었다. 그놈은 아까 나무 그늘에 앉아 바나나를 먹고 있을 때 내 허벅지를 밀고 들어왔었다.

나는 마을 광장의 카페로 나갔다. 나와 여자는 이 먼 나라까지 와서 경기도 안양의 이웃을 만났다는 데 놀라워했다. 여자는 한국에서 여름, 남반구인 호주에서 또 여름, 지금 인도에서 여름, 이렇게 여름만 세 번 연속으로 겪는다고 했고 그래서 자기 원래 피부색이 뭐였는지도 잊었다고 했다. 그러면서 내 상체를 향해 카메라 셔터를 눌렀다.

나는 이 나라에 도착한 첫날 밤에 어떤 소년을 보았다고 했다. 물병을 들고 숙소 이 층 창가에 섰는데, 거리 식당 앞에 검은 피부의 소년이 지팡이에 의지해 동냥 그릇을 흔들고 있는 것이 보였다고 했다. 그런데 모양이 이상했다. 한쪽 다리는 땅을 짚고 있지만 다른 한쪽은 뒤로 꺾여서 두 다리가 직각을 이루고 있고 등은 척추가 부러진 사람처럼 굽었는데 팔 하나는 휘어져 하늘을 향해 똑바로 뻗쳐 있었다. 소년은 성한 팔 하나로 지팡이를 짚고 동냥그릇을 흔들고 있었다.

나는 어떤 알 수 없는 거대한 손아귀가 소년을 덮쳐 거칠게 쥐고 흔들다가 장바닥에 내던져버린 것만 같다고 했다.

"구겨진 검은 소년, 그게 이 나라에 대한 내 첫인상이었다니까."

여자는 자기의 첫인상은 소똥이었다고 했다. 공항버스를 타고 공항을 나서는데 입국장 근처 잔디밭에서 소 두 마리가 풀을 뜯고 있었다고 했다. 똥을 누면서. 공항 안에서 버젓이 말이야, 하고 여자는 믿기지 않는다는 듯이 고개를 저었다. 여자는 다가오는 아이들마다 반겨주며 포즈를 취하게 하곤 사진을 찍었다. 보리수 한 그루가 광장을 둘러싼 카페들에서 나온 백열등 불빛을 받아 기름진 잎을 번들거리고 있었다.

"담배 말 줄 알아?"

여자가 물었다. 나는 모른다고 했다. 여자는 궐련지에 담배가루를 도톰하게 올려놓고는 돌돌 말았다. 그러고는 젖은 혀끝으로 궐련지 한 면에 침을 발라 떨어지지 않게 붙이고는 내게 건네주었다. 여자와 나는 필터도 없는, 너무 짧아 열기가 입천장까지 바로 와 닿는 말아 피우는 담배를 하나씩 입에 물곤 광장을 바라다보았다.

기분 좋은 두통이 찾아왔다. 여자의 가느다란 턱선을 보고 있자니 델리에서 아그라까지 열차를 같이 타고 온 일본인 여자가 생각났다. 역에서 내린 일본인 여자는 제 몸뚱이만 한 배낭을 짊어지고 숙소가 있는 마을까지 걸어가겠다고 버텼다. 쭉 같이 걷는데 삼륜 택시인 오토릭샤가 옆에 와 섰다. 거기서 백인 남자가 고개를 쑥 내밀더니 마을까지 갈 거면 싼값에 합승하지 않겠냐고 했다. 둘밖엔 탈 수 없었으므로 나는 일본인 여자를 태워 보냈다. 그리고 오늘 낮에 광장에서 그 백인 남자를 다시 만났다. 그는 관광객들을 상대로 호객을 하고 있었다. 무언가 아찔한 기분이 들었다. 나는 일본인 여자는 어떻게 됐느냐고 물었고, 백인 삐끼는 그녀는 좋은 데로 가서 해피해한다고 했다.

다행히 이 한국인 여자는 내 앞에서 자분자분 담배를 말고 있다. 벌써 네 개비째다.

"내일 그쪽 숙소에 가서 샤워 좀 할 수 있어?"

여자는 자기 숙소엔 개인 욕실이 없고 공동욕실뿐이라고 했다.

나는 그러라며 고개를 끄덕였다. 나는 담배 마는 법을 배울 수 있어서 즐거웠다고 했다.

여자는 며칠 동안 아침 아홉 시, 밤 아홉 시면 찾아와 샤워를 하고 갔다. 나는 그때마다 더위에 지친 얼굴로 웃통을 벗고 침대에 누워 있었다. 그러다 여자가 나가면 일어나 배낭을 챙겨 관광지를 돌았다. 며칠 동안 나를 태우고 돌아다닌 릭샤왈라는 자기 집에는 텔레비전도 없고 라디오도 없고 비디오플레이어도 없다고 했다. 릭샤의 운전수를 왈라라고 했다. 릭샤왈라는 나에게 몇 살이냐고 물었고 나는 이제 곧 서른이라고 했다. 그는 수건으로 목덜미를 훑으며 자기는 카르마를 믿고 시바 신을 섬긴다면서 뜻 모를 말을 몇 마디 빠르게 중얼거렸다.

나는 광장 귀퉁이 골목의 선물 가게로 갔다. 입구에는 유리 호박과 경옥을 두툼히 꿴 발이 드리워져 있었다. 나는 발을 들치고 들어가 선반들 위를 기웃거렸다. 원색 포장의 향들과 난생처음 보는 신들의 성물들이 어둠침침한 실내에서 반짝이고 있었다. 이곳 명소인 타지마할을 넣은 워터볼도 보였다. 워터볼을 흔들자 타지마할 위로 흰 눈이 내렸다. 사내 둘이 나를 향해 눈웃음을 치고 있었다. 내가 팔뚝만 한 곰방대 같은 것을 가리키며 무엇이냐고 묻자 소파에 앉은 넓적한 사내가 해시시 피우는 기구라고 했다.

계산대에 서 있던 사내가 문을 걸어 잠그고 창문에 커튼을 쳤다. 소파에 앉았던 사내는 어디선가 포일에 싼 엄지손가락만 한 물건을 꺼내 왔다. 포일을 펼치자 윤기가 흐르는 잿빛의 덩어리가 나왔다. 사내는 성냥갑을 털어 속을 비워내더니 덩어리 일부를 손톱만큼 잘라 안에 넣고는 뚜껑을 닫아 내게 내밀었다. 그러고는 담배 마는 법을 아느냐고 물었다.

넓적한 사내는 남은 해시시 덩어리에서 다시 일부를 조금 떼어내 성냥개비 끝에 끼우더니 불을 붙여 달구고는 그것으로 가루를 냈다. 그 가루를 내게 내밀었다. 나는 말보로 담배를 뜯어 담배 가루를 털곤 사내가 건넨 해시시 가루와 함께 퀄런지 위에서 섞었다. 그렇게 담배 세 개비를 말았다. 사내는 이로써 우리가 형제가 되었다고 했다. 우리는 담배를 나눠 피우며 노닥거렸다. 나는 대화를 할 만큼 영어에 능숙하지는 않지만 한 대를 다 태우고 났을 쯤엔 둘이 하는 모든 말에 토를 달 수 있었고 낄낄대기까지 했다. 나는 소파의 심연으로 가라앉으면서 동시에 가게 천장의 우주 속으로 가물가물 솟아올랐다.

나는 실컷 노닥거린 다음 무심코 기념품 하나를 집어 들고 숙소로 돌아와 잠에 빠졌다. 넓적한 사내는 그걸 수면제로 쓰라고 했다. 가게에서 숙소까지 걷는데 발밑에서 중력이 제멋대로 강해졌다 약해졌다 했다. 나는 파도처럼 걸었다.

노크 소리에 눈을 떴을 땐 밤이었다. 나는 숙소 침대에 웃통을 벗고 뻗어 있었다. 여자가 들어와 침대 귀퉁이에 걸터앉았다.

"바라나시로 가는 기차표 예매했어."

내가 말했다. 나는 기차표를 꺼내 잃어버리지 않았는지 확인했다.

여자는 어쩌면 바라나시에서 만날 수도 있을 거라고 했다. 여기에서 그랬던 것처럼. 가능한 일이었다. 둘 다 동일한 출판사에서 나온 동일한 저자의 여행 가이드북을 사 가지고 왔고, 대충 서에서 동으로 이동하고 있으니까. 여자는 내가 집어 온 귀여운 코끼리 형상의 가네샤 신상을 만지작거리며 말했다.

"평생소원이 갠지스 강에 가보는 것인 인도 사람들도 많대."

나는 잠결에 그 말이 언뜻 이해가 가지 않았다. 그냥 열차만 집어타면 되잖아, 젠장, 하고 나는 중얼거렸다.

바라나시

　바자르에 접어들자 치자색 목면포를 두른 순례 행렬이 저 앞
에 보였다. 그들을 쫓으면 갠지스 강변까지 그럭저럭 닿을 수 있
을 듯했다. 향신료 점포들이 시장가를 따라 줄지어 서 있었다.
원색의 향신료가 담긴 유리병들이 일 미터 높이로 세워놓은 단
위에 층층이 쌓여 있고, 그 단 중간에는 상하의가 흰 무명천으
로 된 전통 의상 차림의 사내가 하나씩 반가부좌를 틀고 있었다.
　강의 모습이 시야에 들어오기 시작했을 때, 때에 전 흰색 민
소매 셔츠와 반바지 차림의 금발 사내가 손에 비닐봉지를 들고
내 앞을 가로질러 나타났다 사라졌다. 그리고 비슷하게 때에 전
차림의 동양인 남자가 나타나 그 뒤를 따랐다. 나는 거대한 돌계
단 길인 갓트를 따라 갠지스 강가로 내려갔다. 은빛과 잿빛의 물
결이 아날로그 수상기의 주사선들처럼 교차하고 명멸하며 일렁
이고 있었다. 금발과 흑발은 저편에서 무언가 주고받고 있었다.
나는 가방에서 향 두어 개비를 꺼내 불을 붙이고는 쭈그리고 앉
아 연기가 넓게 퍼지게 좌우로 흔들었다. 나는 동양 남자가 용
무를 마치고 돌아설 때를 기다려 큰 소리로 이름을 불렀다.
　남자를 알게 된 건 내가 인도에 도착한 첫날 파하르간즈에서

였다. 숙소가 자리한 시장 거리를 걷고 있는데 한 동양 남자가 한국식 영어 발음으로 흥정하고 있었다. 길가에 장판을 깔아놓고 소설책 열댓 권을 팔고 있는 노점상에서였다. 남자는 사나운 말투로 여러 나라 말을 섞어가며 으르렁대더니 책 한 권을 집어들었다. 그러곤 셔츠 소매를 걸어 올려 어깨를 드러내곤 죽지를 한 번 툭 쳐 보이더니 돈도 내지 않고 자리를 떴다.

나는 건과 상점 근처에서 남자를 따라잡아 인사를 나눈 다음 어째서 책을 그냥 집어왔느냐고 물었다. 남자는 당황한 기색도 없이 불가촉천민은 적당히 눈치를 봐서 그렇게 다뤄도 된다고 했다. 여행 가이드북에 씌어져 있다고 했다. 나는 그 노점상한테는 헌책 한 권이 하루 벌이일 수도 있는데 어느 가이드북이냐며 고개를 갸웃했다. 남자는 빌어먹을 이탈리아 친구가 가진 가이드북 어딘가에서 읽은 기억이 있다고 했다.

남자는 그날 밤 기차 편으로 뉴델리를 떠날 참이었다. 남인도에서 석 달 이상을 거슬러 올라왔기 때문에 남자에게서는 장기 여행자 티가 역력했다. 거친 머릿결의 꽁지머리에 그을린 피부, 쥐가 뜯어 먹은 듯한 수염, 남루한 행색, 그리고 피곤해 푹 꺼진 눈매. 남자는 내게 파하르간즈의 레스토랑과 숙소를 소개해줬고 노점에서 차를 한잔 사줬다.

그런 그 남자를 강 속으로 육중하게 뿌리를 드리운 돌계단 길에서 다시 만난 것이다. 남자는 내 손에서 향 한 개비를 빼앗아 빠르게 흔들었다.

"반나절쯤 앉아 강을 들여다보고 있으면 이 돌계단 갓트가 어디까지 뻗쳐 있을지 궁금해질 거야. 그러면 저도 모르게 일어나 아래로 걸음을 향하게 되지, 강바닥까지. 상상도 못 한 것들이 보일걸."

나는 갠지스 강 너머 맞은편 강기슭까지 훤히 내려다보이는 숙소 이 층 발코니에 앉아 저녁을 보냈다. 담배를 피우고 킹피셔 맥주를 홀짝이며 향에 불을 붙였다. 나는 강 수면에 반짝거리는 것이 아무것도 없을 때까지 맥주를 마셨다.

여자는 이번에도 아이를 불러 세워놓고 북적이는 돌계단 길을 배경으로 카메라 셔터를 눌러대고 있었다. 그러곤 조끼 주머니에서 비스킷을 꺼내 아이 손에 쥐여줬다. 나는 여자에게 셔터 소리만 쫓아가면 언제 어디서든 너를 찾을 수 있을 거라고 했다.

우리는 숙소의 룸 메이드를 겸하고 있는 릭샤왈라의 안내로 시내의 한 레스토랑을 찾았다. 여자는 양고기커리를, 나는 생선 커리를 주문했다. 우리가 점심을 먹는 동안 릭샤왈라는 주방에서 흥정을 끝내고 레스토랑 밖에서 우리를 기다렸다.

릭샤왈라는 숙소 방으로 돌아온 다음 우리에게 손바닥만 하게 접은 신문지를 펴 대마 가루를 보여주었다. 그는 담배 마는 법을 아냐고 물었다. 내가 고개를 끄덕이자 그는 일단 씨를 골라내라고 일렀다. 암녹색의 대마 가루 틈틈이 고추씨 비슷하게 생긴 대마 씨들이 잔뜩 박혀 있었다. 내가 값을 치르자 그는 벗어놓은 빨래를 집어 들곤 방을 나갔다. 여자와 나는 침대에 걸터앉아 한 시간이나 씨를 골라내고 컬런지에 대마 가루를 말아 빈 말보로 갑에 차곡차곡 채워 넣었다.

"박물관이 아니라 귀신의 집 같았다니까."

여자는 침대에 누워 근처 대학 박물관에 갔던 이야기를 했다. 전기를 아낀답시고 형광등을 전부 꺼놨더라고, 글쎄. 방문객에 대한 배려가 없다고나 할까. 박물관에 갈 땐 플래시 필수. 여자의 입에서 담배 연기가 몽글몽글 피어올랐다. 나도 정전에 대해서라면 얘기할 게 많았다. 뉴델리가 수도잖아? 그런데도 전기가 없어, 정전되면 그야말로 쩌죽지.

하지만 곧 혀가 늘어지고 눈이 감겼다. 나는 실실거리며 어깨를 틀어 여자의 귀와 코와 입에 연기를 뿜어 불어 넣었다. 여자는 질색을 하며 몸을 굴려 침대 저편으로 가버렸다.

한국인이었네, 여자가 말했다. 여자와 남자는 서로 본 적이 있는 사이였다. 나를 포함해 셋 다 동일한 저자의 여행 가이드북을 챙겨 왔고 그동안 여행 경로도 크게 다르지 않았으며 한국인에게 알려진 숙소며 관광지도 한정돼 있으니, 파하르간즈나 타지마할이나 갓트를 오가며 두어 번은 마주쳤을 터였다.

"하이 퀄리티는 무슨! 나한테 오지 그랬어, 백오십 루피에 구해줬을 거야."

남자는 보트 보이 어깨 너머에서 목을 쑥 빼며 소리를 질렀다. 강바람에 남자의 긴 곱슬머리가 흩어져 이마며 뺨에 정신없이 달라붙고 있었다. 물살에 올라탄 보트는 모터를 단 것처럼 속도를 냈다. 바라나시를 떠나기 전날 나는 여자와 남자를 찾아 보트 놀이를 제안했었다. 걸어서는 접근이 힘든 화장터 갓트며 나머지 갠지스 강 유역을 보트를 타고 훑어나 보자고 했다. 우리와 같은 생각으로 나선 관광객들을 태운 온갖 종류의 보트들로 갠지스 강은 장바닥만큼이나 붐볐다.

보트 보이는 먼저 우리를 갠지스 강의 저주받은 강변으로 데려갔다. 갓트 편에서 보았을 때 강 건너편을 일컫는 말이었다. 인공 건축물 하나 없는 창백한 모래벌판에, 검은빛의 수림이 멀리 성글게 펼쳐진 건너편 강변. 노을이 질 때도 그 낮고 편평한 모래벌판은 마지막까지 흰빛을 잃지 않고 있었다. 강을 가로질러 저주받은 편에 닿았을 때 보트 보이는 오 분 정도 강변을 걷다 오라고 했다. 하지만 우리 중 누구도 보트에서 내리려 하지 않았다. 아무도 그 부유물 많은 쥐색 물낯의 강물에 발을 적시려 하지 않았다.

뱃놀이 코스의 중간쯤에 이르자 보트 보이는 노를 놓고 잠시 쉬며 손 국자로 강물을 떠 우리에게 내밀었다. 그는 그저 보라고만 한 것이 아니었다. 마셔보라고 했다. 나서는 사람이 없으면 자기가 그 물을 마셨다. 그는 몇 번이고 그 일을 반복했다. 여자는 굳은 얼굴로 차력사들이 등장했던 '묘기 대행진'이라는 옛날 프로그램이 생각난다고 했다. 그러고 있는데 어느 틈엔지 마르고 살갗이 검은, 곱슬머리 사내들이 탄 보트가 바싹 다가와 섰다. 그들은 희고 노란 꽃으로 장식된 잎사귀로 만든 작은 접시를 몇 개 우리에게 내밀었다. 접시엔 손가락 마디만 한 초가 한 개씩 얹혀 있었다. 우리는 하라는 대로 초에 라이터로 불을 붙이곤 강물에 띄웠다. 곱슬머리 사내 하나가 우리에게 소원을 빌라고 했다. 소원을 빌자 그는 백 루피를 내라고 했다. 그건 아무래도 바가지였다. 우리가 머뭇거리자 그는 보트에서 벌떡 일어서더니 노를 집어 허리춤까지 들어 올렸다. 그러곤 눈의 흰자위를 드러내며 뭐라 뭐라 지껄여댔다.

우리는 다시 강의 물살을 타기 시작했다. 여자는 가이드북을 들춰보더니 소원을 비는 접시가 얼마라는 언급은 없다면서 혀를 찼다. 얼굴에선 아직 놀란 표정이 가시지 않고 있었다. 남자는 미간을 찌푸리곤 담배 필터를 씹고 있었다. 나는 태양이 이글거리는 하늘을, 내가 지난 며칠 밤을 묵었던 갓트 쪽을 바라보았다.

시야의 저 끝에서 저 끝까지, 제각기 다른 이름이 붙은 갓트들이 가파른 경사를 이루며 강변 전체를 뒤덮고 있었다. 그 돌계단들은 갠지스 강의 수면 아래에서부터 거꾸로 뭍을 향해 자라 나오고 있는 듯이 보였다. 확실히, 돌계단들은 느리지만 분명한 속도로 아직도 자라고 있었다. 중세 힌두의 왕족들이 돌을 깎아 한 단 한 단 갓트를 쌓았던 것처럼 후손들은 갓트 위에 순례자를 위한 사원들을, 관광객들을 위한 호텔들을 쌓아 올리고 있는 것이다. 레스토랑과 찻집 들을, 환전소와 경찰서 들을, 그리고 탁 트인 전망의 별장들을. 한 단 한 단 돌계단을 쌓듯 한 층 한 층 건축물을 지어 올리고 거기에 필요에 따라 간판을 바 꿔 다는 식으로 수 세기를 지나온 것이다.

갓트의 건물들은 그렇게 한땐 왕족의 별실이었고 한땐 외국 사절의 숙소였으며 한땐 사원의 곁방이거나 찻집이기도 했으며 우체국이기도 했고 현재는 게스트하우스나 기념품점이 되어 갠 지스 강을 굽어보게 된 것이다. 그런 식으로 몇 세대에 걸쳐 적 층된 건물들이 갓트 돌계단 위로 십수 미터씩 솟아올라 어느새 까마득한 높이가 되었다. 그리고 그 돌계단들 위로, 건물들 틈 새 어둠침침한 골목길들 위로, 강을 향해 뚫린 베란다와 창문마 다, 눈이 가닿는 곳이면 어디나 사람들로 들끓었다.

"보트 타길 잘했지? 정말 괜찮지 않아?"

나는 말했지만 소리가 강바람에 날려가버렸는지 대꾸하는 이 는 없었다. 남자는 라이터로 담배에 불을 붙이려고 애를 쓰고 있었고 여자는 이리저리 자세를 바꿔가며 카메라 셔터를 누르 느라 분주해 보였다.

물살을 타고 내려가는 내내 왼편엔 인공 건축물 하나 없는 편 평한 저주받은 강변이, 오른편엔 하늘을 찌를 듯 솟아오른 갓트 쪽 스카이라인이 펼쳐져 있었다. 왼편은 그저 흑백의 벌판이, 오른편은 치자색과 황금색과 원색 도료들의 화려한 파노라마가 펼쳐져 있었다. 왼편은 갠지스 강의 침식작용을 아무 저항 없이 고스란히 받아들인 수백 세기의 결과가, 오른편은 한 뼘 모래톱도 남겨놓지 않고 종교 건축물인 갓트로 뒤덮어버린 수백 년 힌두교의 역사가 펼쳐져 있었다. 왼편은 언제라도 강물과 함께 떠내려가버릴 수 있는 모래벌판뿐인 수평의 세계가, 오른편은 시야를 가득 메우며 들쑥날쑥 솟아오른 수직의 세계가 펼쳐져 있었다. 왼편에는 사람이라곤 그림자도 보이지 않았다. 오른편에는 서울의 명동이라도 옮겨다 놓은 것처럼 사람들로 들끓고 있었다.

보트에서 강의 이쪽저쪽을 정신없이 돌아보다 보니 어지럽고 고개가 아파왔다.

왜 하필 이런 곳을 성지로 삼았을까? 평생 순례를 다녀야 할 성지로 삼았을까? 좌우가 시각적으로 균형이 하나도 맞지 않아서 골치가 아파오고 속이 다 울렁거렸다. 어째서 이 사람들은 이런 거대한 불균형을 자기네 종교의 궁극적인 지점으로 삼았을까?

화장터로 쓰이는 갓트가 정면으로 바라보이는 지점에서 커다랗게 원을 그리며 보트는 출발 지점으로 돌아가기 위해 방향을 틀었다. 이제 왼편에 놓였던 것들이 오른편으로 자리를 바꾸고 있었다. 출발점으로 돌아가는 내내 보트는 멈추지 않았고 우리는 말이 없었다. 다들 제 일에 열중하고 있었다. 남자는 담배 필터를 씹으며 뉴델리에서 만났을 때부터 줄곧 짓고 있던, 무언가 이유도 없이 언짢다는 표정을 짓고 있었다. 여자는 카메라 액정에서 눈을 떼지 않고 있었다. 언젠가 왜 그렇게 열심히 찍느냐고 물었더니, 하나도 놓치지 않고 모든 걸 더 잘 기억하기 위해 그런다고 여자는 답했다. 나는 담배도 카메라도 없이 그저 손을 놓고 있었다.

보트 보이는 요금으로 구백 루피를 요구했다. 우리가 보트에 오르기 전 구두로 얘기한 그 금액이었다.

"가이드북에는 이십 루피라고 쓰여 있는데?"

남자가 갑자기 앞으로 쑥 나서며 새된 소리를 질렀다. 남자는 여행 가이드북의 바라나시 편을 펼쳐 모두 앞에서 흔들어댔다.

"틈만 나면 바가지야! 셋이니까 이십 곱하기 삼, 육십 루피야. 거기에 팁 좀 얹어줄게!"

보트 보이는 난데없이 성을 내며 자기는 읽을 수도 없는 한국어 가이드북을 들이미는 남자 앞에서 황당해하고 있었다. 남자는 박스티의 소매를 걷어 올리고는 어깨를 쑥 내밀며 다른 손으로 죽지를 툭툭 쳐 보였다. 델리에서 봤던 그 동작이었다. 나는 비로소 그 희멀건 죽지에 무슨 대단한 의미가 깃들어 있는가 볼 수 있었다. 문신이, 핑크색 하이웨이스트 거들을 걸친 메릴린 먼로풍의 서양 여자가 비스듬히 누워 가슴을 드러내고 있는 문신이 새겨져 있었다.

"어머, 칼라잖아!"

한발 물러서서 냉소만 날리고 있던 여자가 끼어들었다. 여자는 남자의 지금 행동이 아까 소원을 비는 접시 사건에 대한 나름의 복수라고 여기는 듯했다. 여자는 보트 보이에게 그 디아 파는 놈들과 무슨 관계냐고 따지고 들었다.

보트 보이는 영어를 잘하는 다른 이를 불러왔다. 아마도 매니저인 듯싶었다. 그는 설명을 듣더니 오백 루피만 내라고 했다. 그는 두 시간이나 보트를 타지 않았냐고, 노를 젓는 게 얼마나 힘든지 아냐고 했다. 주위로 구경꾼들이 몰려들고 있었다. 남자는 흥정을 계속했다. 그리고 결국 사백 루피에 얘기를 끝내곤 꼴도 보기 싫다는 듯이 지폐 몇 장을 매니저 손에 쥐여주었다.

보드가야

여자와 남자는 바라나시에서 서북 방향인 카시미르 지역으로 올라갔다. 여자의 스케줄에 남자가 맞춘 것이었다. 내가 둘이 다니면 귀찮지 않겠냐고 물었더니, 남자는 저년은 걸레라며 잠깐만 놀아줄 거라고 했다. 나는 네 문신을 여자가 좋아하더라고 했다.

나는 동북 방향인 네팔로 올라갔다. 그러곤 두어 주 머물다가 국경을 넘어 다시 인도로 돌아왔다. 국경을 넘을 때 폭우가 쏟아졌다. 등 하나 켜 있지 않은 국경 세관에서 동틀 무렵의 어슴푸레한 빛에 의지해 서류를 작성했다. 캄캄한 세관 건물에 출입구 하나만 길쭉한 사각형으로 뚫려 있어서, 안에서 출입구를 보면 언뜻 검은 벽면에 초록색의 얄따란 풍경화 한 장이 붙어 있는 듯했다. 그 소리 없는 풍경화 속에서 비가 어마어마하게 퍼붓고 있었다. 나는 세관을 나와 처음 마주친 사이클릭샤에 올라타 폭우를 뚫고 기차역을 향해 진창길을 달렸다.

인도는 여전히 여름이었다. 게다가 우기까지 시작되고 있었다. 나는 보드가야의 호텔 방에 누워 천장에 달린 선풍기 날개를 보고 있었다. 후텁지근한 열기가 온몸을 홍건히 적시고 있었다. 나는 삼 일째 불교 유적지와 호텔 사이를 오가며 무료한 시간을 보내고 있었다. 늦은 아침 식사, 산책, 낮잠, 산책, 이른 저녁 식사.

그러다 발작이라도 나듯, 알게 모르게 이물처럼 내 기억의 틈새에 박혀 있던 어떤 강렬한 인상들이 튀어나오곤 했다. 뉴델리에서 첫날 밤에 보았던 그 검은 소년이 그러했다. 포카라의 대형 슈퍼마켓 외벽에 부조처럼 나란히 앉아 있던 사내들이 그러했고 파트나의 기차역 광장에 발 디딜 틈 하나 없이 자리를 깔고 누워 있던 사람들이 그러했다.

불교 성지 순례 이벤트가 없는 비수기였다. 나는 한가로운 불교 유적지의 보리수 아래 결가부좌를 틀고 앉아 심심한 표정으로 담배를 피우기도 하고, 발걸음마다 연꽃이 피었다는 부처의 설화를 흉내 내며 성큼성큼 걸음을 내딛기도 하고, 성스러운 물로 채워졌다는 연못에서 먹을 감는 여인들을 오래 구경하기도 했다. 그러다 심심해지면 나라별로 지어져 있는 사찰들을 돌아

보았다. 개중에는 한국 사찰도 있었다.

"여긴 어딜 가나 사람들로 미어터져요."

내가 그러자 한국인 스님은 어디 한국은 안 그런가요, 했다. 사찰에 한국인은 그 하나뿐이고 허드렛일을 하는 듯한 인도인 두엇이 눈에 띄었다. 그는 다른 스님들은 덥다고 다들 서울로 들어갔다고 했다.

"길거리에서 파는 음식을 봐요, 이 날씨에. 손이나 씻는지 몰라."

내가 불평하자 스님은 한국도 그렇잖아요, 튀김이니 순대니 길거리 음식들, 똑같잖아요, 라고 했다. 나는 이 나라에 와서 설사병에 두 번이나 걸렸다는 말을 하려고 했으나 입이 떨어지지 않았다. 대신 나는 종교가 없으며 한편 무신론자라고 주장하고 싶지만 무신론이 뭔지 한 번도 진지하게 생각해본 적이 없어 그렇게 주장할 수 없다고 했다. 그러자 스님은 굳이 뭔가를 주장할 필요는 없다고 했다.

"꼭 무언가를 주장할 필요는 없어요."

나는 발작처럼 찾아오는 어떤 인상들에 대해 이야기했다. 구겨진 소년에 대해, 슈퍼마켓 벽면에 파리 떼처럼 달라붙어 있던 실업자 신세의 사내들에 대해, 기차역 광장을 뒤덮은 갈 곳 없는 거지와 노숙자 들에 대해. 그 인상들은 이번 여행에서 얻은 어떤 질병, 기억의 질병 같은 것이라고 했다.

나는 델리의 붉은 성채도 보았고 타지마할도 보았고 갠지스 강의 화장터도 보았고 히말라야의 설산도 보았지만 그런 따위들은 벌써 기억이 흐릿하고 십 년 뒤쯤엔 내가 본 것이 무엇이었는지도 알지 못할 것이라고 했다. 하지만, 이 뭐라 딱히 말하기 힘든 인상들은 어떻게 될 것 같냐고 했다.

"그러게요, 나도 참 그렇네요."

스님은 나를 마당으로 데리고 나가 어느 키 큰 열대 과수 아래 서더니, 팔을 뻗어 노란 열매 두 알을 따 내 손에 쥐여주었다.

다음 날 나는 나란자나 강가를 달려 아침 이른 시간에 보드가야를 떴다. 마을 아이들이 물소들과 함께 물장난을 치고 있었다. 사내들이 도티 팬츠를 걷고 아침 볼일을 보고 있었다. 사이클릭샤는 검은 나무들이 성글게 자라 있는 흙길을 빠르게 달렸다. 시원한 바람이 뺨과 이마를 때렸다. 햇빛이 강의 잔물결에 부서져 은색으로 번쩍이고 있었다. 수풀이 녹색의 구름이 내려앉은 듯 강기슭을 따라 수 킬로미터를 이어지고 있었다.

콜카타

하지만 콜카타 행 기차는 연착되고 있었다. 얼마나 늦는지는 알 수 없었다. 나는 플랫폼 벤치에 앉아 향을 피우고 도스토옙스키의 소설을 읽다가 다시 담배를 태우고 가이드북을 뒤적였다. 아침 여덟 시에 도착해서 정오가 넘도록 나는 한자리에서

거의 움직이지 않았다. 그러는 동안 플랫폼의 시간은 내가 앉은 벤치 앞으로 하염없이 늘어지며 흘러갔다. 그 늘어지는 시간 속에서 여행객과 짐꾼 들이, 거지와 그저 배회하는 사람 들이 쉬지 않고 내 앞을 스쳐 지나갔다.

그 지루한 행렬이, 뜻을 알 수 없는 소란과 소음 들이 내 등을 굽게 하고 벤치에서 옴짝달싹 못하게 했다. 기차는 세 시 넘어서 왔다. 콜카타에는 자정에야 도착했다.

나는 달아오른 등을 식히기 위해 돌기둥에 찰싹 달라붙었다. 냉기가 등줄기를 타고 이마와 배 속으로 아찔하게 퍼져나갔다. 시장 한복판에 시원하게 생긴 회교 예배당이 있어 엉겁결에 뛰어든 것이었다. 갑자기 그늘과 고요라는, 좀처럼 만나기 힘든 세계가 펼쳐졌다. 콜카타에 도착한 지 사흘째였고 태양은 어딜 가든 사나운 개처럼 쫓아와 내 등에 올라타 목덜미를 물곤 떨어질 줄 몰랐다. 예배당에서 볕이 드는 곳은 가운데 연못 근처뿐이었다. 나머지는 그늘이었다. 연못은 두 개였는데 부드러운 색감의 천연석으로 둘러친 것으로 초록색 물이 찰랑거리고 있었다. 팔뚝만 한 잉어들이 물면 위로 입을 내밀곤 뻐끔거리고 있었다. 신도로 보이는 몇몇이 연못 주위에서 얼굴을 닦거나 발을 씻고 양치질을 하고 있었다. 다른 몇몇은 돌바닥 그늘 아래 드문드문 흩어져 앉아 있었다. 한참을 들여다보고 있었는데도 그들은 움직임이 없었다. 일어나 걸음을 뗄 때조차 어찌나 느린지

거의 움직이지 않는 것처럼 느껴졌다.

그리고 남자를 다시 보았을 때, 남자도 그랬다. 남자는 누가 버려두고 간 짐 보따리처럼 쪼그리고 앉아 미동도 없었다. 얼굴만 희멀겋다뿐이지 행색은 인도인 거지나 다름없었다.

"어쭈, 이젠 인도 물 좀 먹은 티가 나는데! 이젠 누가 바가지 씌우려고도 않겠어!"

남자가 나를 보더니 말했다. 침을 탁 뱉으며 내 꼬락서니가 현지인이나 다름없다고 했다. 내가 하려던 말을 그가 하고 있었다. 남자는 외국 배낭여행객들이 많이 찾는다는 초우링기 거리의, 가장 싸고 방이 많다는 숙소의 입구 귀퉁이에 앉아 담배를 피우고 있었다. 북쪽으로 같이 올라간 여자는 어떡했냐고 묻자 다람살라에 버려두고 왔다고 했다. 어디? 다람살라. 거기가 어딘데?

"카시미르와 델리의 중간쯤?"

"왜!"

남자는 자기는 세계인이라며 다른 여자친구를 보러 가겠냐고 했다. 우리는 대학가 북 스트리트로 갔다. 헌책방의 행렬이 콜카타 대학로의 끝까지 이어져 있었다. 남자는 간간이 멈춰서 소설을 골랐고 델리에서와 같은 수작은 안 통할 것 같았는지 얌전히 값을 치렀다. 우리는 북 스트리트의 한 카페에서 차를 마셨다. 카페엔 인테리어라고 할 만한 게 없었다. 백 개는 되어 보이는 커피 테이블과 의자가 카페의 전부였다. 굳이 눈요깃거리를 찾자면 카페를 빽빽이 채운 인도의 학생들이 볼만했다. 그들은 엄청 떠들었고 엄청 후끈거렸다.

여자친구가 왔다. 이탈리아 여자였다. 나는 이탈리아 여자는 한 번도 보지 못했기 때문에 놀랐고 백인임에도 피부가 까무잡잡하다는 데 놀랐다. 그리고 그 큰 엉덩이 때문에 한 번 더 놀랐다. 아— 아아—, 내가 말을 더듬고 있는 사이 남자는 자기가 이탈리아를 일주할 때 이 걸레 년을 만났다고 했다. 여자는 자기가 유학생이라고 했다. 그러면서 남자와 수다를 떠는 틈틈이 영어가 모자란 나도 알아들을 만한 얘깃거리를 꺼냈다. 여자는 내게 마피아를 아느냐고 물었다. 갓파더, 팡팡! 여자는 일주일에 두 번, 콜카타 번화가에서 나이트클럽 디제이 아르바이트를 한다고 했다.

점심을 먹고 오후에 우리는 여자가 다닌다는 대학과 타고르의 생가와 호수가 있는 공원을 돌아다녔다. 내가 거위 떼와 놀고 있는 사이 남자와 여자는 벤치에서 부둥켜안고 서로의 혀를 빨아댔다. 저녁엔 펍에 갔다. 외국인 여행자들이 많이 찾는다는 펍이었다. 여자와는 밤에 다시 만나기로 했다. 우리는 스툴에 앉아 맥주를 마시며 축구 경기 중계를 봤다. 남자는 티셔츠의 소매를 걷어 문신이 드러나게 했다. 그러다 술 취한 인도 사내들이 비틀거리며 다가오면 일부러 어깨를 기울여 그들과 부딪쳤다. 그러면 인도 사내들은 중심을 잃고 휘청거렸다.

남자는 그 짓을 몇 번이고 반복했다.

"흑인하고 백인한테도 한번 그래보지."

나는 축구 경기에 흥분한 펍의 손님들을 돌아보다 문득 불안해져서 한마디 쏘아붙였다. 남자는 이번에도 누군가를 밀치고는 냉큼 바 테이블 쪽으로 돌아앉아 고개를 주억거리며 낄낄거렸다.

"이거나 빨아봐."

남자는 던힐 담뱃갑에서 꼬깃꼬깃한, 손으로 만 담배 한 개비를 꺼내 내 입에 물려주었다. 곧 밤이 왔다. 출입문이 열릴 때마다 어두운 거리에서 후텁지근한 바람이 밀려들었다. 나는 달콤한 두통에 적당히 기분이 좋아져, 스툴에 앉은 채로 상상 속의 탱고 리듬에 맞춰 어깨를 들썩였다.

열대 폭우가 시작되었다. 우리는 허둥대며 펍을 나왔다. 그러곤 셔츠를 뒤집어쓰고 소리를 지르며 택시 정류장이 있는 대로를 향해 뛰기 시작했다. 얼마나 달렸을까, 오른편 골목으로 남자가 방향을 트는 게 보였다. 엉겁결에 나도 뒤를 쫓았다. 골목 안 어둠 속에서 남자의 번들거리는 하얀 팔뚝이 허공을 가르고 있었다. 나는 멈춰 서서 고함을 쳤지만 폭우가 목소리를 삼켰다. 돌아오는 남자의 한 손엔 펼쳐진 우산이 들려 있었다. 다른 한 손은 무언가를 방금 쥐었다 놓은 사람의 그것처럼 반쯤 펴져 있었다.

나는 테이블 위에 딱 하나 달린 할로겐등 아래서 어깨를 움츠리곤 담배를 말았다. 흠뻑 젖은 옷 따위는 잊어버렸다. 남자는 조금 전 내게, 방금 사 온 대마 가루 한 봉지와 퀄런지, 던힐한 갑을 던져주곤 스테이지로 사라졌다. 이탈리아인 여자친구가 병아리색 탱크탑을 입고 저 멀리 디제이 메인부스에서 음악을 틀고 있었다. 시커먼 백인이라니…… 짜릿하고 달큼한 마살라 음악이 귓전을 때렸다. 나는 퀄런지를 펴놓고 던힐의 배를 째가루를 사분의 일쯤 털어 올려놓았다. 그리고 그 위에 비슷한 양의 대마 가루를 덜어 올리고, 조물조물 섞어 도톰하게 펴서는 퀄런지를 말았다. 혀가 말라 침이 나오지 않았다. 나는 맥주 한 잔을 급하게 들이켜곤 맥주 내가 나는 침으로 퀄런지를 붙였다. 남자는 그동안 스테이지 미러볼 조명 아래에서 나타났다 사라지기를 반복하고 있었다. 나는 새로 만 담배에 불을 붙여 입에 물곤 두번째 퀄런지를 바닥에 깔았다. 문득 나도 백인 여자를 사귈 수 있겠다는 생각이 들었다. 세번째 개비를 말고 있는데 갑자기 어깨가 축 처졌다. 나는 숨을 내쉬며 허리를 펴 소파에 등을 기댔다. 눈을 감자 입이 벌어지며 양쪽 뺨에 힘이 빠지고 있는 게 느껴졌다. 이제 턱뼈와 얼굴 가죽 전부가, 뺨 이마 입술 턱살이 제멋대로 흘러내리고 있었다. 나는 웃고 있었다.

눈을 떠보니 남자와 여자친구가 내 맞은편에 앉아 있었다. 남자는 나를 보며 혀를 차고 있었고 여자는 담배를 말고 있었다. 둘 다 한 대씩 빨고 있었다.

"젠장, 인도에선 누구나 담배를 마는군."

내가 새 담배에 불을 붙이며 말했다. 나는 마구 지껄여댔다.

"내가 지금 누군가를 사랑하게 됐는데 누군지 모르겠어, 아니 잠깐만! 지금은 또 미워졌는데. 그게 누구지? 아냐, 다시 사랑하게 됐어. 틀림없어, 사랑하는 게. 아니 또 미워졌다, 또 미워졌어!"

나는 이빨을 드러내놓고 웃고 있었다. 남자와 여자도 한 대씩 꼬나물고 천장을 향해 고개를 들고 있었다. 나는 내가 자꾸 사랑했다가 미워했다가 다시 사랑했다가 하는 게 누구인지 알 수가 없어서 화가 났다. 그러다 또 실실 웃었다.

테이블 위로 연기가 자욱했다. 잠에 빠져들면서도 나는, 남자가 아까 골목의 희생자에게 그랬던 것처럼 내 주머니도 털어 갈 것이 확실하다고 생각했다.

하지만 나이트클럽의 소파에서 아침에 깨어났을 때 지갑과 여권은 멀쩡했고 술값과 팁도 지불된 상태였다. 남자와 이탈리아 여자는 사라지고 없었다. 클럽을 나오려는데 웨이터가 나를 불러 메모지를 쥐여주었다. 거기엔 '난 떡치러 간다. 오전에 여길 뜰 거야. 델리 가? 거기서 보자'라고 쓰여져 있었다.

내 앞의 새까만 인도 사내가 나를 뚫어져라 쳐다보고 있었다. 사내는 교외선 열차가 콜카타를 벗어나 이십 킬로미터나 달려 닥신네스와르에 닿을 때까지도 잠시도 내게서 눈을 떼지 않았다. 나는 기차에서 내려 칼리 사원으로 갔다. 칼리 사원 안에는 그 같은 사내들이 그득했다. 작달막하고 마르고 시커먼 사내들이. 그들은 마찬가지로 작고 마르고 검은 여자들과 함께 축문 같은 것을 열광적으로 외우며 신전들 사이를 우르르 몰려다녔다.

경내는 콜카타 시내의 웬만한 광장만큼이나 넓었다. 그 너른 전체를 반들반들 닳은 하얀 판석들이 덮고 있었다. 그 외곽을 지붕이 삐죽삐죽한 신전이 여럿 둘러싸고 있었다. 열기에 충만한 소란, 그 어수선하고 시끄러운 분위기가 경내에 발을 들여놓자마자 나를 덮쳤다. 한 사내가 염료 통을 들고 다가와 내 이마에 점을 찍고 갔다. 몇 발 더 들어가자 한 여자가 다가와 내 손목에 색실을 감고 갔다. 경내 복판쯤에서 두리번거리고 있는데 다른 사내가 다가와 나머지 손목에도 색실을 감곤 한 신전으로 끌고 갔다. 사원은 컸지만 신전은 방 한 칸 넓이로 작았고 그 안의 우상은 겨우 손바닥 크기였다. 그 작은 우상 앞에서 시커먼 인도인들이 소리를 지르며 격렬하게 몸을 비틀고 있었다. 다른 신전 앞에선 희열에 들떠 흰자위를 드러낸 어떤 여자가 신의 이름을 가르쳐주었다. 또 다른 신전에선 어떤 남자가 똑같이 눈을 까뒤집곤 또 다른 신의 이름을 내게 불러주었다. 한 신전에선 넙데데하게 생긴 사내가 헌금을 걷어 허리춤에 꿰어 넣고 있었다. 그리고 어디선가부터 문둥병 환자들이 동냥 그릇을 들고 내 뒤꽁무니에 따라붙기 시작했다. 둘러보니 흰 피부에 영어가 프린트된 셔츠를 입고 있는 외국인은 나뿐이었다.

나는 사원을 나와 너벅선을 타고 후글리 강을 건넜다. 우중

충한 우기의 하늘 아래 열대 밀림이 강 양안을 메우고 있었다. 거대한 이파리를 가진 키 큰 열대 식물들이 서로 뒤엉켜 단단히 자리 잡고 있었다. 얼마나 빽빽하게 들어찼는지 명암에 의한 깊이감도 거의 느껴지지 않을 정도였다. 너벅선은 흙탕물 강을 가로질러 느릿느릿 나아갔다.

강 건너편 나루에 올라 얼마간 들어가자 파라솔과 간이 테이블 몇 개를 늘어놓은 상점이 나왔다. 나는 캔맥주를 사 손에 들고 사이클릭샤에 올라탔다. 사이클릭샤는 콜카타의 외곽에 자리한 빈민가를 달렸다. 가이드북에도 나와 있지 않은 곳이었다. 릭샤왈라는 시내의 왈라들과 달리 영어는 한마디도 하지 못했다. 우리는 한 시간 남짓 빈민가를 달렸다.

그 한 시간 동안, 썩어가는 합판과 널빤지로 겨우겨우 벽을 치고 지붕을 올린 한 칸짜리 가옥들이 줄을 지어 나타났다. 대개는 문조차 달려 있지 않았다. 천 한 장만 몸에 두른 여자들이 아궁이에 불을 피우고 빨래를 널고 있었다. 아이들은 릭샤를 쫓아오며 손가락질하고 깔깔댔다. 삐쩍 마른 갈색 사내들이 뜨거운 태양 아래를 느릿느릿 걷고 있었다. 비 갠 하늘과 태양을 빼곤 시선이 닿는 모든 게 더러웠다. 악취가 나는 진흙이 장딴지까지 튀어 올랐다.

나는 하우라 대교에서 내려, 걸어서 다리를 건넜다. 곧 콜카타 시내였다. 태양이, 태양이…… 하지만 태양은 내가 하고 싶은 말이 아니었다. 해야 할 말도 아니었다.

그렇지만 나는 무슨 생각인가 하고 무슨 말인가 해야 했다. 다만 그게 뭔지 알 수 없을 뿐이었다. 한 시간이나 사이클릭샤를 타고 오며 본 것들, 가이드북에도 나오지 않는 빈민가에서 얻은 인상들…… 그것은 인도에서의 첫날밤에 본 구겨진 소년처럼 십 년, 이십 년 뒤에도 발작처럼 찾아올 기억들, 기억의 질병들, 병든 기억들이었다. 그것이 내가 하고픈 말이었고 해야 할 말이었다.

뙤약볕 아래서 하우라 대교를 건너는 동안 다리의 알루미늄 난간을 큰부리까마귀 떼가 덮고 있었다.

자이살메르

자이푸르에서 여자를 다시 만났다. 오후 늦게 숙소로 돌아왔더니 주인이 한국인 여행객 하나가 아파서 누워 있다고 했다. 가보았더니 바라나시에서 헤어진 여자가 침대에 널브러져 있었다. 남자가 다람살라에 버렸다던.

"나 한 방 찍어줘."

여자가 해쓱한 얼굴에 바들바들 떨리는 손으로 카메라를 내밀었다. 여자는 일사병일 뿐이니 혈색을 되찾기 전에 기록 좀 남겨달라고 했다. 이것도 흔치 않은 경험이라고 했다. 나는 여러 앵글로 돌려가며 다 죽어가는 꼴의 여자를 향해 셔터를 눌렀다. 나를 어떻게 찾았냐고 하자 가이드북에서 쓸 만한 숙소를 골라 묵은 건데 방문을 열고 내가 들이닥친 거라고 했다. 다음 날 우리는 기차를 타고 여기 자이살메르로 왔다. 기차로 일곱 시간 거리였다. 그 시간 내내 여자는 내 옆에 찰싹 달라붙어 나닥과 레에서의 모험담을 들려줬다.

우리는 도착한 지 채 이틀도 지나지 않아 슬금슬금 위로 올라가기 시작했다. 방을 일 층에서 이 층으로 옮겼고 식사는 루프탑 식당에서만 했다. 지표에서 일 미터라도 높은 곳이 그나마 덜 뜨거웠다. 외출을 해도 해발 백 미터쯤 되는 언덕 위에 세워진 자이살메르 성채로 갔다. 나는 그저 사막이 아름답겠거니 했다. 사람을 태워버릴 수도 있다는 생각은 못 했다.

혓바닥과 입천장을 한바탕 열기가 쓸고 지나갔다. 입속에 불을 지핀 것처럼 아리고 쓰라렸다. 덴 입술은 갈라지고 껍질이 일어났다. 우리는 당황해서 입안을 식힐 만한 차가운 물을 찾았지만 사막 복판의 지프에 그런 게 있을 리 없었다. 여자가 차를 세우게 해선 증상을 설명했다. 지프 운전수는 담배를 피웠느냐고 했다. 그랬다. 우리는 사막을 질주하는 지프에서 차 밖으로 한 팔을 늘어뜨린 채 바람에 머리카락을 날리며 멋지게 담배 좀 피워보고 싶었다. 운전수는 사막에선 담배도 다르게 피워야 한다고 했다. 그는 담배 한 개비를 달라고 하더니 시범을 보였다. 엄지와 검지로 담배 필터를 쥐곤, 다른 한 손의 엄지와 검지를 동글게 말아 파이프처럼 만들었다. 그리고 그 손가락 파이프 끝에 입술을 대고 반대편 끝에 담배 필터를 갖다 댔다. 그렇게 하면 불붙은 담배의 열기와 사막 공기의 열기를 동시에 빨아들여 입안에 화상을 입는 것을 막을 수 있었다. 지프는 다시 사막을 달렸다.

도시를 떠난 이후로 거의 삼사 킬로미터마다 지질이 바뀌었다. 도시를 나설 때는 황토색의 거친 자갈 황무지였고 잠시 후 백색의 자갈 황무지가 나타났다. 여자들이 물동이를 이고 물을 뜨러 오는 우물 근처의 땅은 예리한 파단면을 지닌 검은 돌들 천지였다. 다시 잿빛 자갈 황무지가 펼쳐졌고 다음에는 두 눈을 태워버릴 듯 하얗게 타오르는 모래 황무지가 나타났다. 지프 운전수는 그 백색의 모래 황무지에 우리를 내려줬다. 지표에 발을 내려놓자 열기가 불꽃처럼 발목과 장딴지를 타고 올라왔다. 사원을 짓는 듯 보이는 공사판 여기저기에 지표에서 일 미터 높이로 세워진 방갈로들이 보였다. 어떤 방갈로에선 도티 팬츠만 걸친 사내들이 트럼프 놀이를 하고 있었다. 발바닥을 딛기조차 어려운 뜨거운 황무지 저편에는 자이나교 사원이 궁전처럼 솟아 있었다. 우리는 점심을 먹었다. 도시락 통에는 한국에서 흔히 먹던 카레라이스가 담겨 있었다. 운전수는 그걸 사부지라고 불렀다. 우리는 다시 사막을 달렸다. 황무지 다음엔 황무지였다. 그 너머엔 또 황무지였고 그리고 다시 황무지였다. 마실 물이 떨어졌다. 그때까지 여자와 내가 마신 음료는 콜라 네 병, 과일

주스 세 팩, 오백 밀리리터들이 미네랄워터 여덟 병이었다. 그래도 우리는 목이 탔다. 운전수는 우리를 붉은 자갈 황무지 위에 세워진 붉은 양철 지붕 가옥으로 데려갔다. 운전수가 말하자 낮잠을 자던 사내가 마루 밑 그늘에서 천오백 밀리리터들이 미네랄워터 몇 병을 꺼내 왔다. 먼지가 앉아 있었지만 뚜껑을 따지 않은 멀쩡한 것들이었다.

그러다 내가 쓰러졌다. 지프로 가다 말고 어지러워서 멈춰 섰다는 것까지만 기억이 났다. 눈을 떠보니 인도 아이들이 나를 들여다보며 소리 내 웃고 있었다. 여자는 그런 나를 향해 셔터를 누르고 있었다. 운전수가 셔츠를 벗어 이마 위에 그늘을 만들어주고 있었다. 나는 한동안 일어날 수가 없었다. 운전수는 무언가 미안했는지 상냥한 말투로 자기 얘기를 들려줬다. 자기는 두 달 전에 결혼했고 아내는 지금 공부하느라 델리에 있다고 했다. 그러고는 자기가 스물셋이라고 했다. 그 말에 여자와 나 모두가 놀랐다. 우리 눈엔 서른셋은 되어 보였다. 그는 지프에서 아내의 사진과 얼마 전 보냈다는 편지를 꺼내 와 보여주었다. 영어로 깨알같이 씌어진 그 편지에는 …love…love…love…love…의 기나긴 행렬이 아로새겨져 있었다. 이 뜨거운 세상에서는 거의 일어날 수 없는 일인 것만 같았다.

다시 몇 개의 황무지를 더 지나쳐 우리는 오아시스로 갔다. 입구엔 파라솔이 펼쳐져 있었고 아이스크림 냉동고가 놓여 있었다. 언덕길을 올라 운전수가 우리를 오아시스라고 안내한 곳은 그저 콘크리트로 사방을 둘러친 직사각형의 커다랗고 더러운 저수조였다. 녹색이 약간 감도는 잿빛의 물이 출렁이고 있었다. 아이들이 소리를 지르며 그 물에서 다이빙을 하고 헤엄을 치고 있었다. 우리는 도무지 믿기지 않는다는 표정을 지었다. 운전수는 더우니 옷을 벗고 잠시 수영이나 하지 그러냐고 했다.

지프는 다시 고운 황토색 모래가 깔린 황무지로 우리를 데려갔다. 거기서 운전수는 우리를 낙타 몰이꾼에게 넘겼다. 낙타여행이 시작될 참이었다. 사피라고 하는 터번을 두른 낙타 몰이꾼은 사막의 낙타 간이역으로 우리를 데려갔다. 나무 몇 그루가, 키는 낮지만 가지가 넓게 퍼져 있고 우듬지가 우거져 있어 쓸 만한 그늘을 제공하는 나무 몇 그루가 서 있는 곳이었다. 그나무 그늘 아래 낙타 스무 마리가량이, 주차장에서 차량들이 주차선을 맞추듯 그렇게 종과 횡을 정확히 맞춰 무리 지어 앉아 있었다. 나는 그런 일이 어떻게 가능한지 알 수가 없었다. 낙타몰이꾼이 다가가자 그중 두 마리가 주인을 알아보고 기다란 목을 쭉 뽑으며 우는 소리를 냈다.

우리는 낙타를 타고 샘 샌드 듄스라고 하는 모래 언덕으로 갔다. 비로소 눈앞에 우리에게 익숙한 광경이 펼쳐졌다. 약간 노란색이 나는, 따스하고 부드럽고 자꾸만 허물어지는 모래들이 야트막한 언덕을 이루며 우리를 부르고 있었다. 우리는 어린애들처럼 신발을 벗고 비명을 지르며 모래 언덕으로 뛰어들었다. 우리 외엔 아무도 없었다. 샘 샌드 듄스 전체가 우리 차지였다.

"봐, 여기는 하나도 뜨겁지 않아."

"뜨거운데 발바닥 감각이 마비돼서 모르는 걸 수도 있어."

우리는 모래가 산골짝 냇물이라도 되는 양 서로에게 끼얹고 있었다. 우리는 모래가 침대 매트라도 되는 양 뒹굴고 있었다. 해변에서 그러듯 모래성을 쌓으려고 부질없는 노력을 다하고 있었다. 그러다 자이나교 사원의 성직자들 흉내를 낸답시고, 셔츠 자락을 입에 물고 숨소리도 나지 않게 가만가만 발끝으로 언덕을 걸어 다녔다. 칼리 사원의 힌두교 신도들을 따라 열광적으로 몸을 떨고 소리를 지르다가, 회교 사원의 신도들처럼 어딘지도 모르는 방향으로 무릎을 꿇고 손바닥을 위로 향한 채 절을 올렸다. 여자는 다람살라의 티베트 불교 사찰에서 본 만다라 그리는 시늉을 내며 엉덩이를 실룩거렸다. 그럴싸했다. 그러다가 불교의 성직자들이 그러듯 우리 둘 다 가부좌를 틀고 목탁 두드리는 흉내를 냈고 콜카타의 성 바울 성당에 온 것처럼 짐짓 경건한 표정으로 성호를 긋기도 했다. 내가 성호를 긋는 동안 여자는 열 손가락을 활짝 펴고 성당 오르간 연주자처럼 미친 듯이 건반을 두드리는 시늉을 했다.

"뭐가 또 남았어?"

"자이나교, 이슬람, 불교, 힌두교, 가톨릭, 뭐가 좀더 있던 것 같은데. 아아, 힌두교는 신이 일억이나 된대."

우리는 다시 샘 샌드 듄스를 뒹굴기 시작했다. 우리는 모래투성이가 됐다. 우리는 황무지의 바다를 건너면서 겪은 원치 않은 고행을 보상받기라도 하려는 듯 길길이 날뛰었다. 그러다 내가 여자를 쓰러뜨리고 사파리 바지의 단추를 벗기고는 재빨리 손을 팬티 안으로 집어넣었다. 여자는 눈을 부릅뜨고 입을 꽉 다물더니 내 뺨을 주먹으로 후려쳤다.

"진정해."

여자가 으르렁거렸다. 나는 얼굴을 감싸 쥐고 언덕 아래까지 굴러 내려갔다.

"이 강간범."

여자가 언덕 너머로 사라졌다.

우리는 낙타 몰이꾼의 헛에 모여 차를 마시고 손가락 파이프로 담배를 피웠다. 낙타와 염소들은 건초를 먹었다. 헛에는 낙타 몰이꾼의 아이도 있었다. 이 나라는 어딜 가나 아이가 있었다. 여자는 아이에게 비스킷을 쥐여주며 사진의 모델이 되어달라고 했다. 아이는 공책을 갖고 있었다. 여자는 공책에 정성스레 자신의 이름과 경기도 안양의 한국 주소를 적어주었다.

뉴델리

다음 날 나는 그 사막 도시를 떠났다. 기차역에서 표를 예매하는데 무언가 내 허벅지를 밀고 있는 게 느껴졌다. 돌아보니 털북숭이 흑염소였다. 내가 빈 신청서를 한 장 주니 날름 받아

먹었다. 그러곤 또 달라고 다시 허벅지를 밀었다.

여자는 인도 남부 도시인 뭄바이로 떠났다. 여자와는 그렇게 끝이 났다.

이틀 후면 한국행이었다. 나는 파하르간즈 구역에 다시 묵었다. 아침 점심은 말린 무화과와 맥주로 때우고 저녁은 스테이크를 먹었다. 나는 다른 장기체류 약쟁이들처럼 왼눈과 오른눈의 눈동자가 따로 노는 듯한 멍한 눈을 해가지고 뉴델리 여기저기를 배회했다. 파하르간즈의 끝에 있는 임페리얼 극장에서 영화를 보기도 했다. 극장 입구에서는 베레모를 쓰고 자동소총을 멘 군인들이 소지품 검사를 했다. 금속탐지기가 없어 배낭부터 호주머니까지 손을 사용해 뒤졌다. 소똥이 등장하지 않는 유일한 인도 거리는 영화 속에 있었다. 내가 본 어떤 인도 영화에서도 소똥은 출연하지 않았다.

바하이 사원의 궁륭을 휘돌아 내려오는 웅웅거리는 소리에 내 마음이 가볍게 일렁였다. 알아들을 수 없는 언어로 이뤄진 소리였지만 불안이나 적의 같은 게 전혀 느껴지지 않는 그윽한 느낌의 소리였다. 웅웅 소리는 내 귓전을 어루만지며 잠시 맴돌다가 마음속까지 흘러들었다. 예배당의 천장은 거대한 반구형으로 높이가 이삼십 미터는 되어 보였고 전체가 하늘색 도료로 칠해져 있었다. 때문에 언뜻 보면 창밖으로 보이는 진짜 하늘과 함께 내 머리 위로 하늘 두 개가 포개져 있는 듯했다. 천장만 아니라 내부 벽도 전체적으로 맑고 서늘한 느낌의 하늘색으로 도장되어 있었다.

예배당 어디에도 신상이라고 할 만한 것이 보이지 않았다. 엄청난 개수의 긴 의자들이 한 방향을 향해 배열되어 있는데, 당혹스럽게도 그 끝엔 허공 말곤 아무것도 없었다. 성직자가 올라서서 기도할 단도, 신상을 모시는 벽감도, 높다랗게 매달려 신도들을 굽어보는 도자기로 만든 신상도 없었다. 반원형의 빈 공간만 있을 뿐이었다. 나는 한참 하늘색 기둥에 등을 대고 서 있었다. 이 예배당에는 모시는 신상이 없으니 의자에 앉아도 되었겠지만 그러지 않았다. 나는 궁륭으로부터 벽을 타고 내려와 내 귓전을 울리는 웅웅 소리가 좋았다. 그저 좋았다. 나는 종교도 없고 웅웅 소리가 해석도 되지 않고 바하이교라는 건 들어본 적도 없지만, 가능하다면 그 자리에서 그대로 하늘색으로 스며들고 싶었다. 혀를 대고 핥으면 어쩐지 박하맛이 느껴질 것 같은 색깔로 청량하게.

하지만 그러기엔 나는 너무 피곤했고 너무 뚱뚱했고 너무 더러웠고 너무 잘못한 게 많았다. 그랬다. 나는 잘못한 게 너무 많았다. 그리고 그 잘못들을 어떻게 바로잡지도 못한 채 또 다른 잘못들을 저지르기 위해 항상 길을 떠날 준비를 하고 있었다.

출국 날 나는 짐을 꾸려 숙소를 나왔다. 정오에 가까운 시간이었다. 나는 사이클릭샤에 올라 시내 번화가의 코넛 플레이스

로 가자고 했다. 공항버스 정류장이 있는 곳이었다. 사이클릭샤
는 파하르간즈의 시장 거리를 달렸다. 나는 다시 돌아오기 어렵
겠거니 하는 아쉬운 생각에 여기저기를 두리번거렸다. 시장을
거의 빠져나갔을 즈음 오른편에서 무언가 타는 매캐한 냄새가
섞인 바람이 불어오기 시작했다. 사람들이 그쪽으로 달려가고
있었다. 릭샤왈라가 나를 돌아보며 큰 소리로 몇 마디 지껄이더
니 갑자기 속력을 내기 시작했다. 어두운 보라색 연기 구름이
바람을 타고 이쪽으로 다가오고 있었다. 더운 기운이 얼굴에 훅
끼쳤다. 나는 셔츠를 끌어올려 코와 입을 막고 연기가 불어오는
쪽을 바라보았다. 임페리얼 극장이 자리한 사거리였다. 구경꾼
과 군인 들이 뒤엉켜 소동을 벌이고 있었다. 비명과 고함이, 그
리고 여자들의 우는 소리가 들렸다. 그러다가 거리를 메운 시커
먼 얼굴들 사이로 동양인의 희멀건 얼굴이 눈에 띄었다. 구부정
한 허리 뒤로 군인이 두 팔을 틀어잡고 있는 게 보였다. 봉두난
발한 머리의 정수리 쪽에서 핏줄기 하나가 흘러내려 남자의 얼
굴을 이마부터 콧등까지 두 쪽으로 갈라놓고 있었다. 콜카타의
나이트클럽에서 새벽에 헤어진 그 남자였다. 델리에서 다시 보
자고 한. 사이클릭샤의 속도가 더 빨라졌다. 갑자기 임페리얼
극장의 입구에서 소리도 없이 한 뭉텅이의 연기 구름이 뿜어져
나왔다. 고통을 참다 못해 토해내는 극장의 거친 한숨 같은 그
연기구름은 빠르게 극장 앞 인파를 덮쳤다. 남자도 군인도 연기
속으로 사라졌다.

"릴리저스 테러리즘! 릴리저스 테러리즘! "

내가 잠깐 내려달라는 신호를 하자 릭샤왈라가 나를 돌아보며 소리쳤다. 그는 크게 고개를 저었다. 그는 내가 알았다고 손짓을 할 때까지 '릴리저스 테러리즘!'을 반복해 외쳤다. 그는 거리가 통제되기 전에 파하르간즈를 빠져나가거나 또 다른 사고가 터지기 전에 안전한 곳으로 가고 싶어 하는 듯 보였다.

나는 코넛 플레이스 광장 잔디밭에 누워 공항버스를 기다렸다. 번화가는 별다른 소란이 없었다. 사람들은 느긋하게 걸어 다녔고 경찰차나 군인들의 지프트럭도 보이지 않았다. 아직 이쪽엔 소식이 전해지지 않은 것인지도 몰랐다. 어쩌면 그런 일엔 익숙해져서 극장 하나가 날아간 것쯤엔 동요를 하지 않는 것인지도 몰랐다. 또 어쩌면 종교적 이유로 인한 테러가 아니었는지도 몰랐다. 가스 폭발로 일어난 흔한 화재일 수도 있었다. 릭샤왈라가 잘못 알았던 것이다. 그랬을까? 그렇다면 군인들은 왜 몰려 있던 걸까. 남자는 무슨 이유로 군인에게 붙들려 있었고 머리는 어쩌다 깨졌던 걸까. 그저 책을 강탈하거나 대마 가루를 거래하다가 붙잡혔는데 마침 옆에서 폭탄이 터진 걸까.

뙤약볕 아래 신기루처럼 아른거리며 멀리 코너를 돌아 코끼리 한 마리가 성큼성큼 도로를 올라오고 있었다. 코끼리는 금방 커졌다. 이마에는 비단 장식천이 덮여 있고 등에는 운전수가 타고 있었다. 운전수는 갈고리를 들고 그 끝으로 코끼리의 귀 뒤를 긁어 방향을 지시했다. 코끼리가 바나나를 얻어먹으려 인도

로 올라서려 하면 운전수는 왼쪽 귀 뒤를 긁어 코끼리가 다시
차도로 내려서게 했다.

그러다가 코끼리가 똥을 누었다. 내 배낭만큼이나 크고 무거
워 보이는 똥이었다. 금세 빗자루와 대형 쓰레받기를 든 거리 청
소부가 나타나 새된 소리로 잔소리를 시작했다.

2013년, 서울 사당동

나는 백 년도 더 전의 한 남자에 대해 들어본 적이 있다. 백
년도 더 전의 그는 밝은 대낮에 등불을 켜고 시장을 달려갔다고
했다. 장바닥의 구경꾼들은 그에게 신이 우리를 두려워하고 있
느냐고 물었다 한다.

우리가 신을 죽였으므로, 신이 우리를 두려워하고 있냐고.

우리를 두려워하냐고.

그런데 신 없이 살아간다는 게 어디 가능한 일이겠는가. 어
제 누군가 신을 죽였다면 오늘 누군가 새 신을 만들 것이다. 그
렇게 해서 우리에겐 서로 다른 이름을 지닌 신이 일억이나 된다.
어떤 신은 죽고 나서 부활하기까지 삼 일이나 걸렸다고 한다. 어
떤 신은 태어나 그저 허공으로 남아 있기도 한다. 어떤 신은 극
장에 폭탄을 들고 들어가기도 한다. 그리고 그런 신들의 신상은
대부분 미화로 십 달러가 채 안 된다.

나는 혀끝의 남자를 보았다. 남자는 머리에 불을 붙인 채 혀끝을 걷고 있었다.

남자와 시선이 마주쳤다는 느낌은 들지 않았다. 하지만 남자는 내게 묻고 있는 듯했다. 신 없이 산다는 게 어디 가능하기나 하냐고.

신 없는 삶이 어디 가당키나 하냐고.

남자는 내가 아는 어떤 인물과도 닮지 않았다. 내가 아는 어떤 남자도 불타는 머리를 갖고 있지 않았다.

그러니 어쩌면 나는 혀끝의 여자를 본 것일 수도 있다. 남자는 사실 여자일 수도 있다. 하지만 내가 아는 어떤 여자도 머리에 불을 이고 있지 않았다.

어떤 남자도 여자도 불타는 머리를 갖고 있지 않았다. 내가 아는 어떤 인간도 불을 이고 그렇게 걷지 않았다.

그러니 어쩌면 나는 혀끝의 신을 본 것일 수도 있다. 남자도 여자도 인간도 아니라면 방금 내 혀끝에서 태어난 신일 수도 있다. 일억이나 되는 신이 마음에 들지 않아 오 분 전에 내가 새로 구워낸 신일 수도 있다. 신이라면 나도 만들 수 있는 것이다. 내 혀끝이 종교의 발상지가 될 수도 있는 것이다.

그러므로 나의 종교는 여기서부터 시작되었다고 할 수 있다. 그러니 이제 모든 것은 다시 씌어져야 한다.

나는 혀끝의 신을 보았다.

신은 머리에 불을 붙이고 고요 속을 걷고 있었다.

신은 내가 아는 어떤 인간과도 닮지 않았다. 내가 아는 어떤 인간도 신처럼 불타는 머리를 갖고 있지 않았다. 머리에 불을 인 채 혀끝을 걷지 않았다.

전에 만난 어떤 인물도 신처럼 완벽하게 고요 속을 걷지 않았다. 완벽하게 불타오르는 머리를 갖고 있지 않았다.

폭력의 기원

작은절골에서

나는 포대기에 싸여 있었다. 커다란 발들이 주위에서 쿵쾅 소리를 냈다. 창밖으로 땅거미가 지고 있었다. 앞집 하늘색 처마가 침침해졌다. 창밖 먼빛으론 줄기뿐인 키 큰 나무가 보였다. 꽃도 잎도 없이 시커멓기만 한 나무였다. 헝클어진 새 둥지가 우듬지에 올라앉아 있었다. 칭들은 뻘겠다. 푸른빛 한 점 없는 침침한 창밖 풍경이 뻘건 창틀 안에 갇혀 답답했다.

　그게 내게 주어진 세상이었다. 내가 포대기에 싸여 목도 제대로 가누지 못할 때. 장롱 밑에선 유령거미가 날 빤히 지켜보곤 했다.

　"수도는 안 놓을 거냐?"

　"놓을 거예요. 하지만 들키면 벌금이 클 텐데."

　"지들이 안 놔준대서 우리가 놓는 건데 어쩔 거냐. 병원에 갔다 온 건 어떻게 됐냐? 간이 어찌 됐다는 거냐?"

나는 포대기를 떨쳐버리고 일어나 앉았다. 길 수 있게 되자 나는 창문 아래에 바싹 다가가 붙어 앉았다. 창밖 풍경은 변함이 없었다. 앞집 처마의 거미줄이 약간 자리를 옮긴 정도였다. 걸음마를 배우게 되었어도 시커먼 아까시나무는 헐벗은 모습 그대로였다. 줄기는 새까맸다. 꽃은 한 송이도 달리지 않았다. 방바닥을 울리는 발소리는 항상 같은 게 아니었다. 그것은 때론 여섯 짝이 내는 소리였다가 네 짝이 내는 소리이기도 했고 단 두 짝뿐일 때도 있었다.

"왜 오늘은 약 안 챙겨갔어요?"

"시끄러."

"그게 무슨 소리냐, 지 건강 생각해서 하는 말인데. 네 낯빛을 봐."

"가게 앞에 지하철이란 게 놓인대요."

"그건 또 무슨 뚱딴지냐?"

잉꼬 새장이 처마 물받이에 달려 있었다. 걸음마를 떼고 마루에 나갔을 때 알게 된 사실이었다. 어째서 저놈들은 지금껏 울지 않았을까. 잉꼬들은 화병에 꺾어놓은 개나리꽃마냥 결코 울지 않았다. 내 몫의 신발이 생겼고 마당에 두 발을 내려 걷게 되었다. 마당엔 장롱 밑보다 훨씬 많은 것들이 살고 있었다. 귀뚜라미와 지렁이는 너무 많아 지겨울 정도였다. 호랑거미는 노란 띠와 검은 띠가 화려했다. 비 올 때는 달팽이들과 놀았다.

설 수 있게 되자 나는 허리를 쭉 펴고 창문을 연 다음 창틀 너머로 고개를 내밀었다. 뻘건 창틀은 이제 내 시야를 가두지 못했다.

아까시나무는 변함없는 모습으로 자리를 지키고 있었다. 비바람이 흔들건 뙤약볕이 내리쬐건 눈이 쌓이건 아까시나무는 단색의 헐벗은 자태로 시야 한가운데 우뚝 버티고 서 있었다. 우듬지의 새 둥지도 여전히 주인이 없었다.

"병원엔 가봤냐?"

"네, 의사 선생님이, 아파서 성을 내는 거니 대꾸하지 말고 잘해주라네요."

"다른 말씀은 없으시고?"

"준비하고 있으래요."

한차례 어마어마하게 많은 큰 발들이 우당탕 다녀간 후로 약간의 변화가 생겼다. 큰 발은 네 짝으로 줄어들었다. 집은 훨씬 조용해졌다. 이제 나는 뛸 수도 있었다. 곧 바깥문 출입이 가능해졌다. 포대기에 싸여 있었을 때부터 꿈에 그리던 일이었다. 망설임은 없었다. 나는 곧장 아까시나무가 있는 축대 위로 달려갔다. 윗집을 지나 약간의 오르막길을 오르면 되었다. 아까시나무는 축대 위 공터에 있었다.

아까시나무는 굵기가 내 몸통만 했고 키는 감히 올려다볼 수 없을 만치 높았지만 잎도 꽃도 아무것도 달려 있지 않았다. 불에 그을린 것도 아닌데 온통 새카맸고 긁으면 껍질이 부스러지며 떨어졌다. 살아 있는 가지라곤 밑동에서 쭈뻣쭈뻣 새로 자라고 있는 것들뿐이었다. 퍼렇고 여린 것들이 내 무릎 높이에 네댓 줄기 나 있었다.

"그래서 어쩌자는 거냐?"

"어쩌기는요. 산 사람은 살아야지요."

"그게 무슨 말이냐. 몇 달이나 지났다고."

"어머니, 저를 놓아주세요."

나는 방 안에서 창밖을 내다보는 대신 직접 축대에 올라가곤 했다. 거치적거리는 것 없이 시야가 확 트였다. 축대에서 나는 비로소 내가 꽤 높은 장소에 살고 있다는 사실을 알게 되었다. 동네가 모두 내 발 아래 있었다. 산 중턱까지 옹기종기 올라앉은 집들이 다 내 발 아래였다. 위로는 내가 걸음마를 떼기 전 이미 철거가 이뤄져 숲을 조성하기 시작한 민둥산의 산등성이뿐이었다. 시가지 쪽에선 수수께끼 같은 구름 기둥이 솟고 있었다. 굴뚝 두 개가 우뚝 서서 잿빛 구름 기둥을 뿜고 있었다. 아까시나무의 몇 배는 될 크기였다. 시가지 쪽엔 그렇게 높은 것들이 많이 보였다.

아까시나무는 살해당한 것이었다. 내 머리 높이쯤에 도끼 자국이 나 있었다. 새로 사귄 친구가 일러준 사실이었다. 매일 보면서도 나는 깨닫지 못하고 있었다. 예리한 도끼날로 수피를 깊숙이 빙 돌아가며 도려낸 자국이었다. 땅거미가 지고 있었다. 축대 위에는 항상 땅거미가 지고 있었다.

"어머니, 갈게요."

"그래라."

"좋은 사람이에요."

"아무렴."

다시 큰 발 두 짝이 더 사라졌다. 남은 건 작은 발 네 짝과 큰 발 두 짝뿐이었다. 울지 않는 잉꼬 새장도 함께 사라졌다. 어차피 울지 않는 잉꼬들이었지만 어째 집 안이 더 조용해진 듯했고 한결 살 만해진 듯도 싶었다. 이제 글을 읽을 수 있었다. 그러자 시커먼 연기를 내뿜는 굴뚝들도 더는 수수께끼가 아니었다. 굴뚝에 세로로 큼지막하게 씌어진 목욕탕이라는 글자를 읽을 수 있게 된 때문이었다.

나는 동네로 진출했다. 내 또래 아이들이 많았다. 우리는 꾀죄한 행색으로 우르르 몰려다녔다. 나도 항상 꾀죄했다. 손등은 트고 갈라져서 피가 날 지경이었고 옷에선 오래 빨지 않아 간장 냄새가 났다.

어느 날, 한데 엉켜 다니고 있는데 누군가 우리를 불러 세웠다.

"애들아."

"예?"

"우리 애가 새로 이사 왔는데 친구가 없단다. 우리 집에 가서 같이 놀아주지 않겠니?"

우리는 정원에 깔린 포석을 밟으며 걸어 들어갔다. 나는 동네에 그렇게 큰 집이 있는지 몰랐다. 우리 중 집에 그만 한 마당을 가진 아이는 없었다. 정원의 끝에서 웬 허약한 아이가 우리를 맞았다. 덩굴장미가 온통 빨갛게 수놓고 있는 잿빛 담장 앞이었다. 덩굴장미집 아이가 말했다. 안녕. 어찌나 창백하고 가냘픈지 부러진 장미 꽃대 끝에 달린 수액 한 방울 같았다.

"작은절골에 가자."

어느 날 개장수집 아이가 말했다. 우리는 길을 알고 있는 그 아이를 따라 작은절골로 갔다. 작은절골은 그렇게 전해지고 있었다. 누나에서 동생으로, 형에서 동생으로, 한 아이에서 다른 아이로. 작은절골은 동네가 올라앉은 산의 골짜기였다. 달리고 뛸 수 있을 만치 뼈가 굵어지고 근육이 붙으니 내게도 자연히 같이 가자는 소리가 나왔다. 아이들이 잠자리의 날개를 접어 손가락 새에 끼고 나타나면 나는 늘 부러웠다. 나도 이젠 잠자리를 잡아, 날개를 떼어내고 목을 비틀고 동글동글 말아 죽일 수 있게 되었다.

나는 축복받은 곳에서 유년을 보냈다. 그저 생의 처음 눈을 떠보니 그 동네였던 거지만, 거기서 논다는 건 축복이었다. 동네의 지리는 이랬다. 시작은 무악재의 북서쪽 끝이다. 주유소를 지나면 굴뚝 두 개가 솟은 목욕탕이 있고 재래시장과 소규모 아파트 단지가 있다. 단지 뒤편 사립 유치원을 지나 주차장을 끼고 비탈길을 오른다. 산 중턱까지 삭은 기와지붕과 축대 들이 다닥다닥 올라붙어 있다. 가정집에 딸린 구멍가게와 간유리 창을 댄 담배 가게가 눈에 띈다. 연탄재가 굴러다니는 좁고 가파른 골목을 올라가면 일차 철거를 마치고 조경사업이 시작된 산비탈이 나타난다. 묘목들이 나날이 말라 죽어가는 그 널따란 폐허를 지나 한참 올라가면 숲이 나오고 그 너머 좀더 깊은 곳에 작은절골이 있다.

작은절골 전체가 우리 놀이터였다. 개울과 텃밭에 쓰이는 작은 저수지와 집채만 한 바위와 샘들이 계절마다 낯빛을 달리하며 우리의 놀이터가 되어주었다.

산의 적송 숲에는 고운 흙이 깔린 공터가 있었다. 이따금 벽돌 조각으로 만든 화덕이 발견되고 그 안에서 발라먹은 개 뼈들이 나오곤 하는 곳이었다. 벗어놓은 옷가지들이 있기도 했다. 우리는 그 공터에서 전쟁놀이를 하곤 했다. 줍거나 꺾어 온 나뭇가지를 무기 삼아 편을 나누거나 해서, 혹은 아무렇게나 되는 대로 전투를 치르며 놀았다. 사용된 나무들은 다양했다. 능수버들 나뭇가지는 가늘고 탄력이 좋아서 공중을 가를 땐 살벌한 소리가 났다. 조팝나무는 꽃피는 철엔 시각 효과가 대단했다. 머리에 정통으로 맞으면 새된 비명과 함께 색색의 꽃잎들이 포연처럼 부서져 흩날렸다. 아까시나무로도 같은 효과를 낼 수 있었다. 화약내 대신 꿀 냄새가 나긴 했지만. 긴 가지 끝에 꽃송이들이 달린 모습을 보고 있자면 내 어린 가슴 한 귀퉁이도 꽃 폭죽이 터진 것처럼 환해졌다. 적송은 꺾거나 줍기 쉬워 애용되었다. 생나무는 송진이 배어 나와서 몸에 묻으면 하루 종일 기분이 더러웠다.

그때 우린 꽃나무 이름 따윈 몰랐다. 몰라도 좋았다. 몰라도 그건 꽃이었고 나무였고 숲이었고 골짜기였다. 이름 따윈 몰라도 작은절골은 늘 거기 있었고 결코 어디로 가버리지도 않았다. 그래서 축복이었다. 전쟁놀이는 장난이 아니었다. 때때로 실제 상황이곤 했다. 상대가 울면 전쟁은 끝났다. 겨울에도 싸움은 그치지 않았다. 적당히 언 눈덩이로는 성에 차지 않아 연탄재를 안에 넣어 뭉쳐 쓰곤 했다.

덩굴장미집 아이는 때리는 시늉만 냈다. 때로는 공터 구석에 핏기 없는 얼굴로 우두커니 서 있곤 했다. 몇 번 그러자 개장수집 아이가 진짜로 때리라며 제 머리통을 아이의 코앞에 들이밀었다. 때려봐, 찍어봐. 그러자 아이는 적송 가지를 휘둘렀고 퉁 소리와 함께 개장수집 아이는 쓰러졌다. 그다음부턴 덩굴장미집 아이의 두 팔에도 힘이 들어갔다.

개장수집 아이가 그런 만용을 부린 데에는 이유가 있었다. 우리는 보기만 해도 다리에 힘이 빠지는 선혈을 그 아이는 매일 보고 있었다. 집에서 개를 도축해 고기를 내다 팔고 있었기 때문이었다. 마당은 핏물로 마를 날이 없었고 늘 굵은 호스가 늘어져 있었다. 그 집에선 아침저녁으로 피비린내가 났다. 내가 포대기에 감싸여 창문을 통해 죽은 아까시나무를 보며 유아기를 보냈듯이, 개장수집 아이도 포대기에 감싸여 방문 틈을 통해 가죽을 벗긴 개고기를 보며 유아기를 보냈을 것이었다. 그래서 아픈 것은 생각도 않고 피를 친숙한 것으로 여기고 있었던 것이다.

작은절골에 전쟁만 있었던 건 아니었다. 한여름이면 저수지에 발가벗고 들어가 멱을 감기도 했다. 흙탕물에 벌레, 농약병, 썩은 배춧잎이 떠다니는 저수지였지만 여름철엔 그만큼 시원한 놀이도 없었다. 한겨울이면 개울에서 썰매를 탔다. 우리는 널빤지에 스케이트 날 대신 굵은 철사를 박아 썼다. 작은절골 곳곳 바위틈에는 샘도 있었다. 일요일 오후면 교회를 다녀온 여자아이들이 산에 올라 샘에서 멱을 감곤 했다. 나도 한 번 봤다. 어찌나 눈이 부시던지, 흘러내리는 물줄기와 여자아이들의 몸뚱이가 구분이 되질 않았다.

그러다가 우리는 작은절골에서 무언가를 발견했다. 태풍이 지나간 다음이었다. 축대집은 낙숫물받이를 날려먹었고 우리 집은 텃밭이 토사에 파묻혔다. 듣자니 개장수집에선 똥개가 벼락에 놀라 죽었다고 했다. 작은절골도 무사할 리가 없었다. 나무를 연탄과 섞어 때는 집이 많았기 때문에 나무들은 수시로 베어졌고 숲은 늘 헐벗고 듬성듬성했다. 무너지는 건 시간문제였다. 우리는 땅거죽이 쓸려 내려가 움푹 팬, 작은절골의 한 귀퉁이에 서 있었다.

"저게 뭔 것 같아?"

구멍가게집 아이가 물었다.

아직 동네에 슈퍼마켓이라는 게 등장하기 전이었다. 그래서 구멍가게집은 생활에 필요한 온갖 잡다한 것들을 다 갖다 놓고 팔고 있었다. 구멍가게집 아이가 호기심이 많은 것은 그런 이유에서였다. 내가 창문으로 죽은 나무를 보고 개장수집 아이가 피 흘리는 개를 보는 동안, 구멍가게집 아이는 선반에 놓인 수백 종 상품의 때깔 좋은 포장지들을 보고 자랐던 것이다.

구멍가게집 아이는 흙투성이가 되면서도 새로 생긴 비탈을 기어올랐다. 그러곤 약간 돌출되어 있는 지점에 멈춰 서서 발로 흙을 쓸어냈다. 우리는 바위인 줄 알았다. 바위는 아니었다. 흔히 보던 물건이 아니었다. 그것은 편평한 것이 길쭉하게 몇 미터나 가로로 뻗어 있었다. 이번 태풍으로 토사에 나머지 부분이 파묻힌 건지 아니면 원래 묻혀 있던 것이 태풍에 드러난 것인지 알 수 없었다. 흙을 뒤집어쓰고 있어서 우리가 당장 알 수 있는 건, 그게 우리가 처음 보는 물건이라는 것과 어쨌든 바위는 아니라는 것뿐이었다.

며칠 후에 또 한 번 비가 왔고, 우리는 다시 그 자리에 올라가보았다. 말끔히는 아니지만 그런대로 흙이 씻겨나가 있었다. 그것은 앞부분을 거의 드러내고 있었다. 그것 앞부분엔 글자 몇 개와 아라비아 숫자 몇 개가 씌어져 있었다. 글자들이 영어 알파벳이라는 걸 알아본 아이는 덩굴장미집 아이뿐이었다. 페인트로 칠해진 무슨 문양 같은 것도 남아 있었다.

그 길쭉한 돌판 아래 굴이 있다는 걸 발견한 것은 며칠이 더 지나서였다. 다른 아이들이 위쪽에서 놀고 있는 동안 나는 돌판 아래에서 부슬비를 피하며 축대집 아이와 얘기를 나누고 있었다.

"죽은 지 나보다 더 오래됐어."

축대 위의 아까시나무가 이야기의 주제였다. 나는 뻘건 창틀을 통해 보이는 그 시커먼 나무가 얼마나 못 견디게 보기 싫은지에 대해 얘기했다. 그 나무는 축대가 아니라 사실상 안방 창문에 그리고 내 마음 깊숙한 곳에 앓는 이처럼 박혀 있었다.

"우리 형 도낀데."

축대집 아이는 형 얘기를 꺼냈다.

"형한테 도끼가 있거든. 할아버지가 준 거야."

축대집 아이의 형은 고등학교에 다니고 있었다. 그 형은 껄렁한 교련복 차림으로 할 일 없이 골목을 서성이곤 했다. 축대에서 아까시나무 밑동에 대고 오줌을 누는 것을 몇 번 본 적이 있었다. 나는 그 형의 짓이라고 단정 지었다. 그 형이 도끼로 수피를 도려내 죽인 거라고.

그때 내 등 뒤에서 무언가 허물어졌다. 흙더미였다. 나와 축대집 아이는 돌판이 무너져 우리를 깔아뭉갤 거라는 생각에 벌떡 일어나 비명을 지르며 단걸음에 십수 미터나 물러났다. 돌아보니 다른 아이들이 돌판을 딛고 서서 우리를 내려다보고 있었다.

새로 허물어진 흙더미 안쪽에서 드러난 것은 입구가 납작한 굴이었다. 돌판이 어딘가 수상쩍으며 무언가 감추고 있을지도 모른다는 막연한 의구심이 현실로 드러난 순간이었다. 우리는 조심스레 다가가 발끝으로 흙을 더 파냈다. 장롱 아래 틈새만 하던 입구는 점차 벌어져서 우리 몸뚱이가 기어 들어갈 수 있을 정도로 넓어졌다.

우리는 가위바위보로 누가 들어갈 것인지 정하기로 했다. 공무원집 아이가 걸렸다. 그 아이는 굴 앞에 무릎을 꿇고 잠시 고개를 숙이고 있더니, 갑자기 소리를 지르며 산 아래를 향해 쏜살같이 달려 내려갔다. 우리도 누가 먼저랄 것도 없이 소리를 질러대며 그 뒤를 따랐다.

돌봐줄 사람이 없는 무덤이 열린 거라는 생각이 문득 든 것일 수도 있었다. 그 산 곳곳에서 주저앉고 잡초에 덮인 봉분들이 눈에 띄곤 했으니까. 그 일이 있은 후 공무원집 아이는 한동안 우리와 어울리지 않았다. 골이 났는지, 우리를 보고도 똥그랗게 성난 눈을 떠 보일 뿐 인사도 하지 않았다.

그 와중에 나는 아까시나무의 원망을 갚아주기로 했다. 나는 축대집 아이에게 도끼를 가지고 나오라고 했다. 하지만 집으로 들어간 아이는 빈손으로 돌아왔다. 무거워서 들 수가 없다고 했다. 우리는 광으로 갔다. 녹슨 낫, 구부러진 호미 같은 밭 가는 기구들, 물지게, 절구, 빈 독 들이 천장까지 들어차 있었다. 도끼는 문께 놓여 있었다. 반질반질 손때가 앉은 자루가 거의 내 이마에 왔다. 둘이 들기에도 너무 무거웠다.

"좀 큰 다음에 와야지."

"뭘 할 건데?"

"네 형 발목을 찍어줄 거야."

아까시나무의 원망은 내 원망이기도 했다. 매일 아침 눈을 뜨자마자 창문으로 죽은 나무를 봐야 하는 심정은 이루 말할 수가 없었다. 아무것도 날아와 앉지 않는 새 둥지를 매일 바라봐야 하는 심정도 표현키 어려웠다. 축대집 아이는 내가 자기 형 발목을 찍겠다는 데도 아무 반응이 없었다. 어쩌면 손모가지를 잘라버리겠다든가 발모가지를 부러뜨려놓겠다든가 하는 폭력적인 언사가 우리의 어린 삶에 너무 흔해서 익숙해져 있었던 것인지도 몰랐다.

축대집 아이는 형한테 얻어맞곤 했다. 개장수집 아이는 무시무시한 소리가 나는 호스로 얻어맞곤 했다. 돌층계집 아이도 빨갛게 종아리가 부어서 다녔다. 공무원집 아이는 플라스틱 자로 손바닥을 맞곤 했다. 구멍가게집 아이는 우리 꾐에 넘어가 과자 따위를 훔쳐 나오다 걸려 얻어터지곤 했다. 연탄집 아이는 주로 술찌끼를 훔쳐 먹다 혼나곤 했다. 내가 알기로 얻어맞지 않는 아이는 덩굴장미집 아이 하나뿐이었다. 하긴 우리가 봐도 어디 한 군데 쥐어박을 구석이 없는 허약한 아이였다. 나이도 우리보다 어렸다. 그 아이는 이마를 맞대고 앉아 소곤소곤 얘기를 나누는 것을 좋아했다. 그 집엔 늘 맛난 것과 장난감이 수북했기 때문에 나는 그 아이와 친하게 지냈다. 침대라는 것도 그 집에서 처음 보았다.

나는 아이에게 피비린내 나는 복수 계획에 대해 일러주었다.

"축대집 형 발목을 찍는다고? 그러면 죽지 않을까?"

덩굴장미집 아이가 더듬거리며 말했다.

"그럴 거야. 하지만 아까시나무도 죽었잖아?"

한편 작은절골에서 발견한 돌판에 대해 구멍가게집 아이가 뭔가 알아냈다. 군인들과 연관이 있을 거란 이야기였다. 구멍가게집은 산에서 가장 가까운 가게였기에 산꼭대기 방화포대에 근무하고 있는 군인들이 종종 내려와 주전부리할 거리를 사 가곤 했다. 어떤 땐 총을 멘 채 내려오기도 했다. 우리는 그때마다 달라붙어서 총 좀 만져볼 수 있겠냐고 묻곤 했다. 군인들은 웃기만 했다. 구멍가게집 아이는 그 군인들이 입고 있는 얼룩덜룩한 군복과 작은절골 돌판에 그려진 문양이 색도 모양도 비슷하지 않느냐고 물었다.

우리는 작은절골에 다시 모였다. 다들 열 발자국 앞으론 접근하지 않았다. 우리는 다시 가위바위보를 했다. 빠지겠다는 아이는 없었다. 첫판에 연탄집 아이가 걸렸고 두번째 판에도 그 아이가 걸렸다.

"난 벌써 들어가봤어."

움찔하더니 연탄집 아이가 말했다.

"정말?"

우리는 너나없이 의심에 찬 눈초리를 보냈다.

"그래, 들어가봤어. 뭐가 있냐 하면 황금풍뎅이가 있었어."

설명하길, 황금빛이 나는 커다란 풍뎅이가 굴 안에서 새끼를 치고 있었다고 했다. 황금으로 만든 것처럼 무게도 엄청났다고 했다. 그러곤 갑자기 오줌이 마려운 표정을 짓더니 산을 내려가 버렸다. 우리는 연탄집 아이가 술찌끼를 매일 먹어 항상 취해 있기 때문에 신뢰할 수 없다고 결론 내렸다.

우리는 다시 가위바위보를 했다. 이번에는 돌층계집 아이가 걸렸다. 아이는 놀랍게도 주저하는 기색 없이 성큼성큼 굴 앞으로 걸어 올라가 바싹 땅에 엎드렸다. 돌판이 씌워져 있고 굴이 납작해서 그러지 않으면 굴속으로 들어갈 수가 없었다. 아이는 한참이나 굴 앞에 엎드려 있었다. 그냥 한참 그러기만 했다.

그 같은 시도들 끝에 우리는 그 굴에 대해 더는 이야기를 꺼내지 않게 되었다. 그래도 왕성한 호기심은 어쩌지 못해 내 마음 한구석은 줄곧 그 근처를 맴돌았다.

이제 내년이면 나도 초등학교에 입학할 나이였다. 벌써 초등학교에 들어가 가방을 메고 나니는 친구들도 있었다. 키도 좀 자라 있었다. 나는 습관처럼 축대집 광에 가서 도낏자루에 대고 키를 재어보곤 했다. 어느새 도낏자루가 겨드랑이께로 내려와 있었다.

초등학교 입학이 가까워지고 도낏자루가 나날이 짧아지면서, 우리 어린 인생들도 경험의 폭을 넓혀가고 있었다. 어느 날 골목을 지나다 보니 개장수집 아이가 엉덩이를 깐 채 허리를 굽히고 있었다. 누군가 불에 벌겋게 달군 연탄집게를 들고 엉덩이를 들여다보고 있었다. 애가 무슨 치질이야, 하고 중얼거리는 소리가 났다. 개장수집 아이는 나를 보고도 한마디도 못 했다. 입가로 침이 흘러내리고 있었다. 나는 그 광경이 너무나 기괴하고 무서워 그만 도망쳐버리고 말았다. 아이는 그 후로 몇 주나 보이지 않았다.

연탄집 아이는 집에서 토큰을 훔쳐내고 있었다. 그 아이 집 장롱 맨 위 서랍을 열면 버스 토큰이 가득 담긴 비닐봉지가 있곤 했다. 어찌나 많은지 한 줌 집어내도 표가 나지 않을 것 같았다. 그래서 우리는 의자를 놓고 올라가 버스 토큰을 꺼내 돈으로 바꿔 장난감을 사곤 했다. 그렇게 산 장난감은 축대 여기저기 나 있는 작은 구멍들에 감춰두었다. 들통 나는 건 시간문제였다. 우리는 파출소로 끌려갔다.

"이것들 깡그리 구속시키세요. 신문에도 내야겠어요. 기자 안 옵니까?"

그때 내 머리 위에선 그렇게 술 취해 혀 꼬부라진 목소리가 들렸다.

돌층계집엔 새 식구가 들어왔다. 계모였다. 어느 날 그 집에 갔더니 안방 문께 전기솥이 놓여 있고 시큼한 냄새가 나는 고등어찌개가 한 솥 가득 끓고 있었다. 뻘건 국물에 큼지막하게 썬 무 조각들이 들어 있었다. 다른 반찬은 없었다. 며칠이 지난 다음에 갔을 때도 여전히 반찬은 전기솥 안의 고등어찌개였다. 다음 달에 갔을 때도 그랬고 계절이 지나서 가보아도 마찬가지였다. 반찬은 고등어찌개 하나뿐이었고 차이라곤 차게 식어 있거나 끓고 있다는 점밖엔 없었다. 그 집 아이들은 전에 비해 더 홀쭉해졌고 더 꾀죄해졌다.

구멍가게집은 시련을 겪고 있었다. 아랫동네 재래시장에 대형 마트가 생긴 다음부터였다. 그전엔 그 집보다 수준이 높은 가게를 찾고 싶으면 적잖이 걸어 인왕시장까지 나가야 했었다. 새로 생긴 대형 마트는 조명이 휘황찬란하고 없는 과자 종류가 없었으며 점원도 몇이나 되었다. 구멍가게집엔 단골이 뚝 끊겼다. 아이가 전에 없이 어른스러워진 것도 그즈음이었다. 이제 그 집은 아이들 주전부리나 파는 집이 됐다.

공무원집 아이와는 사이가 좋지 않았다. 우리 집 수도는 허가를 받지 않은 수도였다. 우리 집 수도는 늘 장독을 거꾸로 해서 씌워놓고 썼다. 그래서 구청 단속이 나오면 수도가 없는 척 며칠 다른 집에서 물을 길어다 먹어야 했다. 때론 나까지 양동이를 들고 물을 길어야 했다. 그런 탓인지 나는 공무원이라고 하면 무턱대고 실눈을 뜨고 노려봤다. 하지만 그 아이 집엔 책이 많았다. 동화책도 전질로 있었다. 나는 그 책들을 빌리기 위해 웃는 얼굴로 그 아이 어깨에 팔을 둘러야 했다.

덩굴장미집은 내겐 늘 딴 세상 같았다. 그 집에 가야만 볼 수 있는 것들이 있었다. 모터에 브레이크까지 달린 미니 자동차, 침대, 진짜 닭이 들어있는 닭장, 무한 선로를 질주하는 미니어처 기관차도 있었다. 그중에서도 이 층으로 올라가는 나무 층계가 내 흥미를 끌었다. 나는 가정집에 층계가 있을 수 있다는 데 흥분을 하곤 했다. 우리 동네 집들은 지을 때 나무가 부족했는지 시멘트가 부족했는지 게딱지처럼 지붕이 낮았다. 나는 일도 없이 그 왁스칠된 나무 층계를 오르락내리락하곤 했다. 아이가 언젠가 말했다. 아버지가 외국 어디에 나가 사 왔는데, 레코드판처럼 생긴 둥근 것을 기계에 넣으면 소리도 나오고 텔레비전처럼 그림도 나오는 그런 게 있어. 나는 전축도 몰랐고 비디오도 몰랐다. 그래서 나는 그런 물건을 전혀 머릿속에서 그려볼 수가 없었다. 아이는 그렇게, 내가 상상도 할 수 없는 것들에 대해 내게 얘기를 해주곤 했다.

우리는 작은절골에서 찾아낸 그 돌판엔 손도 못 대고 있었다. 잊어먹었거나 잊은 척 행동하고 있었다. 어느 날 덩굴장미집 아이와 나는 잠자리를 잡으러 작은절골에 갔다. 다른 아이들은 없었다. 가을이 지나가고 있어서 동네엔 잠자리가 드물어져 있었다. 그땐 동네에도 잠자리가 많았다. 주차장에서 놀다가 하늘이 문득 어두워져 고개를 들면 수천수만 마리 잠자리들이 새카맣게 하늘을 떠다니고 있곤 했다.

우리는 적송 숲과 개울가를 훑고 다니다가 돌판이 있는 데까지 갔다. 작년 장마철에 무너지고 팬 자리가 이제 단단하게 다져져 작은절골의 새 지형으로 자리 잡고 있었다. 돌판 위에도 마른 풀들이 무성했다. 판 아래 굴 입구는 조금 더 넓어져 있었다.

덩굴장미집 아이는 뭔가 곰곰 생각하는 듯하더니, 돌판 앞으로 걸어 올라갔다. 아이는 별 주저 없이 굴 앞에서 땅에 엎드렸다. 우리 가운데 그 아이가 가장 약하고 어렸다. 나는 설마 무슨 일이 있겠는가 하고 바라보고만 있다가 아이의 한쪽 다리가 굴 안으로 사라지자 비명을 질렀다.

곧바로 다른 쪽 다리도 사라졌다. 허리까지 굴 안으로 빨려들 듯 사라졌다. 나는 머리가 지끈지끈 쑤시고 다리에 힘이 빠지는 것을 느꼈다. 아이는 고개를 내 쪽으로 들고 미소를 지어 보였다.

곧 아이의 몸 전체가 굴 안으로 빨려 들어갔다. 보이는 건 새하얗게 빛나는 조막만 한 얼굴뿐이었다. 잠시 후 그 얼굴마저 사라졌다. 아이가 굴속에서 멀쩡하게 기어 나온 건 한참이 지나서였다. 아이는 나에게 손짓을 했다.

우리는 다른 아이들에겐 그 얘기를 하지 않았다. 대신 우리는 이제 겨울이 가까웠으니 뱀들이 그 굴에서 똬리를 틀 거라고 전했다. 그렇게 해서 당분간 굴은 우리만의 아지트로 남았다.

굴속엔 우리가 기대하던 것들이 없었다. 우리가 기대하던 것들이란 귀신, 시체, 뱀, 약 먹고 미친개, 지네, 문둥이, 쥐, 거미 따위였다. 굴속에선 우리가 생각지도 못했던 것들이 줄줄이 나왔다. 부러진 개머리판, 형체를 알 수 없이 삭은 범포 조각, 물 대신 흙이 채워진 수통, 쇳덩이로 된 라이터, 탄피 여러 개, 짐승이 씹은 자국이 있는 군화 한 짝.

그 생소한 것들은 우리 둘의 작은 머릿속에 물음표들을 가득 찍어놓았다. 이게 다 뭐란 말일까, 하는. 당시엔 이름조차 알지 못하던 것들이었다. 어쩐지 손을 대면 안 될 것 같다는, 금기에 대한 희미한 느낌이 일기도 했다. 우리는 그 물건들을 굴 한쪽에 치워놓고 바깥에서 마른 풀을 뜯어다 두 사람이 배를 깔고 엎드릴 수 있는 자리를 마련했다. 바닥은 차가운 시멘트 바닥이었지만 늦가을의 찬바람은 피할 수 있었다. 조금 있으니 금세 온기가 돌았다.

얼마쯤 지나 나는 탄피들을 꺼냈다. 이름은 몰라도 그걸로 뭘할 수 있는지는 알고 있었다. 나는 그것들을 꺼내 집으로 가져가 장롱 아래 감췄다. 그러곤 마음을 다잡곤 하나씩 동네로 가지고 내려갔다.

"형, 이거 볼래?"

나는 동네 껄렁패들이 모이는 담배 가게 골목으로 갔다. 탄피를 보여주면 다들 눈이 휘둥그레지면서 입꼬리가 올라갔다.

"살 거야? 말 거야? 구하기 힘든 건데."

나는 탄피를 팔아 오백 원짜리 지폐를 몇 장이나 벌었다. 내게는 큰돈이었다. 그거라면 택시도 타볼 수 있었다.

한겨울이 되었을 때 덩굴장미집에서 아침부터 나를 찾았다. 누군가 내 꾀죄죄한 외투를 벗겼다. 나는 셔츠도 새것으로 갈아입고 바지도 새것으로 갈아입었다. 세수도 하고 머리도 새로 빗었다. 그러곤 누런 털이 달린 솜 외투를 입었다. 아이는 제 죽은 형이 입던 외투라고 했다.

나는 반 시간 정도 질의응답 훈련 같은 것을 했다. 누가 뭘 물어보면 미리 외운 대로 답하는 것이었다. 나름대로 복잡하고 어려운 내용에 나는 머리가 아팠다. 그런 다음 거실에 모여 간단히 차와 과자를 먹었다. 그리고 우리는 밖으로 나와 유난히 길고 시커먼 자동차에 올라탔다. 나는 새 옷이 불편했다. 그것들이 자꾸 살에 쓸려 따가웠다.

우리는 시청 앞 분수를 지나쳐 한참을 더 갔다. 도심에 나와보는 것도 오랜만이었다. 나는 차에 탈 일이 별로 없었다. 한강 다리를 건너 얼마쯤 더 달려 차가 섰다. 아이와 나는 넋을 잃고 차창 밖 풍경을 구경했다. 차가 선 곳은 어느 건물 앞이었다. 벽돌 담장이 아닌 철망 담장이었기에 안쪽이 훤히 들여다보였다. 높다란 아치형 입구에는 무슨 부설 국민학교라고 페인트로 씌어져 있었다. 기둥에도 무슨 부설 국민학교라고 길쭉한 나무 현판이 걸려 있었다.

아이는 차에 남고 나만 학교로 들어갔다. 어느 빈 교실에서 나는 사진을 찍었다. 웃지도 않고 뻣뻣이 의자에 앉아 찍는 사진이었다. 그런 사진은 처음 찍어봤다. 기분이 묘했다. 그날은 내가 하루 종일 다른 존재가 된 듯했다. 무슨 서류 같은 것을 만들었고 금방 뽑은 사진을 위에 붙였다. 다른 교실에 가선 학교 측에서 나온 누군가가 묻는 말에 미리 외우고 연습한 대로 대답을 했다.

"이름이 뭐지?"

나는 덩굴장미집 아이의 이름을 댔다.

"나이는 어떻게 되지?"

나는 내 나이를 댔다. 아이보다 한 살 많은.

"아드님이 참 얌전하네요."

나는 덩굴장미집 아이의 이름으로 칭찬을 들었다. 그 아이는 실제로 얌전했다.

나는 오후가 다 지나서야 차로 돌아왔다. 아이가 어땠느냐고 물었다. 나는 잘 모르겠다고 했다. 아이는 내게 고맙다고 했다. 누군가 또 내게 고맙다고 했다. 우리는 동네로 돌아왔다. 우리는 대형 마트에 잠깐 들렀다. 누군가 내게, 먹고 싶은 걸 다 고르라고 했다.

나는 코너를 몇 번씩 돌며 한 아름 물건을 챙겼다. 스낵이며 사탕이며 초콜릿이며 평소에 먹고 싶던 주전부리거리였다. 나는 이렇게 많이 골라도 되는지 은근히 걱정이 됐다. 누군가 그런 내가 귀엽다는 듯 그 위에 몇 가지를 더 얹어주었다.

그러고 나서 다시 덩굴장미집으로 갔고 나는 새 옷을 벗어놓고 원래의 내 옷으로 갈아입었다.

그 일 이후로 아이를 꺼리게 되었다. 그 어린 나이에도 나는 어쩐지 농락당한 것 같다는 생각을 지울 수가 없었고, 아이를 보면 순간순간 기분이 더러워지곤 했다. 그래도 가끔씩은 어울려 놀았다. 한겨울 맹추위가 고비를 넘겼을 때 아이와 나는 아지트로 숨어들었다. 다른 아이들은 텔레비전 만화영화를 보러 집으로 돌아가고 없었다. 우리는 풀방석에 배를 깔고 누워 새로 시작한 만화영화에 대해서, 어제 읽은 동화책에 대해서, 함께 어울려 다니는 그 사고뭉치들에 대해서 입방아를 찧었다.

"나도 겨울만 지나면 국민학생이야."

"그래."

"그럼 키도 좀 크겠지. 아직은 턱도 없어."

나는 도낏자루에 대해서 말하고 있었다.

"나도 봄엔 학교 들어가."

굴 밖으로 해가 지고 있었다. 동네가 다시 환해지고 있었다. 아주 잠깐, 마지막으로.

"응? ……내후년 아니었어?"

"그렇긴 하지만 아니야."

그 아이가 금세 들통 날 거짓말을 할 리가 없었다.

봄이 기끼운 어느 날 나는 덩굴장미집에 불려갔다. 그 집 사람들은 전에 없이 나를 따뜻하게 맞아주었다. 동네의 다른 아이들은 없었다. 나 혼자뿐이었다. 누군가 커다란 머그잔에 코코아를 넘치게 타주었다. 뜨거웠기 때문에 나는 홀홀 불어가며 마셨다.

"우리 이사 간단다."

누군가 말했다.

"그래서 널 부른 거야. 가기 전에 널 꼭 보고 싶다고 해서."

내가 놀란 눈으로 아이를 바라보자 아이는 고개를 끄덕였다.

"내일이면 우린 이 집에 없을 거야."

아이가 말했다. 그 말에 나는 눈물을 터뜨렸다. 내가 보기에도 굵다란 눈물방울이 뚝뚝 흘러내렸다. 코코아 컵에도 떨어졌다. 아이도 울고 있었다. 아이가 우는 모습을 보자 나는 엉엉 소리까지 내며 울었다. 나는 인사도 할 수 없었다.

이제 어엿한 초등학생이었다. 반 배정도 받았고 번호도 받았다. 하지만 크게 달라진 건 없었다. 변함없이 작은절골은 우리의 놀이터였다. 새로운 얼굴도 늘었다. 전쟁놀이를 하려고 모인 아이들 중 반은 낯이 설었다. 초등학교에 들어간 첫해 봄, 우리는 동네 골목에 모여 연탄집 아이가 가져온 숯찌끼를 나눠 먹곤 해롱거리며 작은절골로 올라갔다. 작은절골의 봄은 축복받은 봄이었다. 우리는 패를 가르고 무기를 주워 들었다.

내 이마에서 꽃 폭탄이 터졌다. 한 아이가 휘두른 조팝나무 가지였다. 내가 든 적송 가지는 첫 방을 날리기도 전에 부러져버렸다. 다른 아이가 멀찌감치 떨어져서 아까시나무 가지를 날렸다. 내 이마에서 수류탄이 터져 다시 한 번 하얗게 꽃잎들이 흩날렸다. 나는 동강난 적송 가지로 아이의 콧등을 후려갈겼다. 움찔 물러나는 것이 스치기만 한 모양이었다. 나는 얼른 돌아서서 다른 아이의 옆구리에 발길질을 했다. 그러곤 엉덩이를 높이 쳐들고 기어서 도망을 쳤다. 아까시나무에 긁혀 팔등에 피가

맺히고 있었다. 내가 새 무기를 찾아 주위를 훑는 동안 한 아이가 어깨를 내리쳤다. 내 키만 한 마른 대나무였다. 버려진 안테나 기둥을 주워온 것이었다. 나는 쓰러져선 발로 아이를 밀쳐내고 눈을 부라렸다. 그러곤 새 적송 가지를 찾아 주워 들었다. 내가 아이의 얼굴을 후려치자 아이는 눈을 비비며 주저앉았다. 마른 나무껍질 유탄이 효과를 발휘한 것이었다. 나는 마음 놓고 발길질을 했다. 다른 아이도 쓰러뜨려 올라탄 다음 적송 가지로 목을 눌렀다. 누가 어깨를 치건 옆구리를 찌르건 아랑곳없었다. 울어! 울어! 그러다가 뒤통수를 얻어맞곤 바닥을 굴렀다. 한 아이가 다른 아이와 함께 내 가슴팍에 올라탔다. 그러곤 주머니에서 강아지풀을 한 움큼 꺼내 사정없이 내 얼굴에 문질러댔다. 쓰리고 화끈거렸다. 전쟁이 끝날 때쯤이면 풀독이 올라 벌겋게 부풀어 오를 것이었다. 다른 아이가 내 가슴에서 아이들을 떼어냈다. 나는 울음을 참으며 강아지풀 습격을 한 아이를 쫓아갔다. 아이는 적송 숲을 가로질러 뛰었다. 그러곤 시야에서 사라졌다. 숲이 끝나고 가파른 비탈이 시작되는 쪽이었다. 아이는 비탈을 구르듯 내려가고 있었다. 나는 추적을 포기하고 전장으로 돌아왔다. 전투는 이미 지루해져 있었다. 나는 아무나 쓰러뜨리고 올라타선 뺨을 쳤다. 빨리 울어! 꾀죄한 행색에 흙투성이 아이들이 두엇씩 엉겨 바닥을 구르고 있었다. 그때 뜨거운 물을 끼얹은 듯 등짝이 화끈거렸다. 돌아보니 한 아이가 길게 휘어진 능수버들 가지를 들고 있었다. 죽어! 죽어! 아이는 웃고 있었다.

아이는 높게 팔을 치키더니 다시 한 번 내리쳤다. 무시무시한 비명과 함께 나는 울음을 터뜨렸고 그날의 전쟁은 끝이 났다.

우리는 작은절골을 내려왔다. 그런 얼굴론 집에 들어갈 수가 없었다. 나는 축대집으로 갔다. 분한 마음에 계획을 앞당기기로 했다. 광으로 가선 도끼를 집었다. 하지만 허리 이상으론 들 수가 없었다. 나는 도끼를 뒤로 감추고 도끼머리를 질질 끌며 마당으로 갔다. 축대집 아이의 형이 발을 씻고 있었다.

"또 한바탕했구나."

형은 어쩐지 기분이 좋아 보였다. 나는 음침한 미소를 지었다.

"이 형님이 오늘 학교에서 잘렸다."

형은 한숨을 길게 내쉬었다. 숨에서 담배에 전 내가 났다.

"선배 새끼 하나가 재수 없게 굴기에 패줬지. 죽어라 패줬어."

"......"

"너도 봤어야 했는데. 그 자식 죽지나 않았는지 몰라."

축대집 형의 발목은 결국 찍지 못했다. 나는 팔십 년대가 되기 전까진 결코 도끼를 들지 못했다. 그리고 내가 도끼를 휘두를 수 있을 만큼 충분히 컸을 땐, 그 형이 동네에 없었다. 팔십 년대에는 동네에서 그 형처럼 슬그머니 사라진 형들이 몇이나 되었다. 아까시나무는 굳이 베어버릴 필요가 없었다. 내가 고등학생이 되고 나서 우리 집이 암사동으로 이사를 갔기 때문이었다. 그리고 얼마 후 그 동네 전체가 재개발이 되어 사라졌다.

몇 해 전 나는 옛 생각이 나서 그 동네를 다시 찾았다. 이제 그 동네엔 삭은 기와지붕들과 지린내 나는 골목들과 금간 축대들 대신, 산을 가려버릴 만치 높다랗게 지어진 고층 아파트들이 들어서 있었다. 고층 아파트들은 내 유년이 놀던 자리를 차지하곤 산 중턱까지 겹겹이 쌓아올려져 있었다.

나는 편협한 사람이 아니기 때문에 그런 변화들을 부정적으로론 여기지 않는다. 오히려 그런 변화의 일부가 되기를 원하고 있다. 나는 오후 내내 아파트촌을 더듬다가 내려왔다. 작은절골로 올라가는 그 좁고 가파른 골목을 찾을 수가 없었던 것이다. 그 대신 시장을 나오면 똑바로 올려다 보이는 지점에 등산로 입구가 뚫려 있었다. 입구 주변으론 낙석 사고를 방지하기 위한 보호 철망이 둘러져 있었다. 어느 노부부가 약수를 받기 위한 빈 페트병이 든 배낭을 짊어지고 그 입구에 들어서고 있었다.

하지만 나는 노부부 뒤를 따를 수가 없었다. 어쩐지 그 길을 따라가면 엉뚱한 곳에 가 닿게 될 것만 같았기 때문이다. 그 길은 내 기억에 작은절골로 가는 길이 아니었던 것이다. 그 축복받은 골짜기로 가는 골목들은, 지금 내 기억이 그런 것처럼 어디쯤에선가 막혔다가 내가 알지 못하는 곳에서 다시 이어지고 있거나, 아니면 영원히 지워져버렸다.

연옥 일기

신릴한 돼지 피가수스Pigasus 혹은
아직 규정되지 않은 세계에서

7월 23일.

우리는 흔히 꿈에서 깨어 현실로 돌아오라는 주문을 받곤 한다. 현실적이지 못한 바람을 입 밖에 내어 공연한 불안을 주변에 조성했을 때나, 아니면 말 그대로 아직 지난밤의 꿈에서 덜 깨 멍청한 표정을 짓고 있을 때 그런 주문을 받는다.

나는 마흔을 바라보는 나이가 되어서까지도 나 자신에게 현실로 돌아오라는 충고를 들려주어야 했다. 그것도 내가 스스로 내 머릿속에 만든 세상에서 벗어난 다음에야 가능한 일이었다. 그러기 전에는 딱하게도 그게 꿈인지조차 몰랐으니, 그런 충고도 가능하지 않았다.

심지어는 우리가 다른 이들에게 꿈에서 깨어 현실로 돌아오라는 주문을 하기도 한다. 하지만 그러려면 무엇보다 신실함이 있어야 하고, 자신의 주제를 잊는 뻔뻔함도 좀 있어야 한다.

여기 또 문제가 생겼다. 하지만 이번에는 반대로 현실에서 쫓겨나 꿈으로 추방된, 나를 비롯한 여러 사람들의 문제다. 어느날 어느 순간 엉덩이를 뻥 차여 현실에서 꿈의 세계로 떨어진 사람들의.

사실 우리는 여기가 꿈인지조차도 잘 모른다. 다만 현실에서 보던 것과는 모든 면에서 다르고, 또 진짜 꿈에서 그런 것처럼 이 세계의 형상들이 생기다 만 것 같고 뒤죽박죽인 것 같아 꿈일 거라 여기고 있을 뿐이다.

꿈의 세계가 아닐 수도 있는 것이다. 그렇다면 꿈이 아니고 무엇이란 말인가. 뭐라고 불러야 한단 말인가. 우리는 우리가 잘 알지도 못하는 세계에 들어와 있는 셈인데, 일이 이렇게 막 돌아가도 되는 것일까.

우리는 더 이상 행동이 가능하지 않을 때 일기장을 펼친다. 그래서 나도, 나름대로 심각한 이 모든 질문들을 뒤로하고 우선 일기를 쓰기로 했다. 아직 손목시계의 전지 수명이 남아 있는 동안에. 그래서 날짜를 알아볼 수 있을 때까지.

7월 29일.

나는 지난달에 이곳에 떨어졌다. 하지만 어제 일 같다. 최초의 혼란한 감정은 가라앉지 않고 대부분 그대로 남아 있다. 혼란한 나머지 일기를 써볼까 하는 생각도 겨우 지난주에야 할 수 있었다. 결심을 하고 공책을 펼치는 데만도 며칠이나 걸렸다. 생각의 갈피를 잡는 데만도 몇 시간이 걸리고 손가락들은 경련을 일으킨다. 손가락들을 진정시키는 데만도 적잖은 정신적 에너지가 요구된다.

8월 13일.

지금 돌이켜보니 이 세계에 대해 어떤 묘사도 충분치 않을 거라는 생각이 든다. 왜냐하면 이 세계 자체가 어떤 의미에서도 충분한 것일 수가 없기 때문이다. 이 세계는 충분치 않다. 세계가, 대상이 충분치 않은데 어떻게 그 재현이 충분할 수가 있을까.

여기 떨어진 첫날, 내 앞에는 광막한 세계가 펼쳐져 있었다. 가도 가도 끝을 모르게 뒤로 물러서는 지평선만으로 이루어진 세계가 펼쳐져 있었다. 내가 천 발짝을 다가서면 지평선도 꼭 천 발짝씩 뒤로 물러서는 세계가 펼쳐져 있었다.

나침반에 표기된 삼백육십 도 모든 사십 방위각에 내해서도 마찬가지였다. 동서남북 어떤 방향으로 나아가든 나는 꼭 그만큼 물러난 지평선만을 보게 된다. 그렇다면 이건 큰일인데! 하고 나는 생각했다. 바다도 끝이 있고 우주에도 끝은 있다던데.

8월 15일.

이 편평한 세계에 지평선만 있는 건 아니었다. 구조물이라고 할 만한 것도 있었고 무엇보다 나와 같은 처지의 사람들이 적잖이 여기저기 흩어져 있었다. 그들은 나처럼 시름겨운 얼굴을 하고서 구조물들 사이에서 정처 없는 발걸음을 옮기고 있었다.

그 넋 나간 표정의 사람들은 이 세계의 구조물들을 저마다 내키는 대로 부르고 있었다. 내가 물어볼 때마다 그들은 손가락을 들어 구조물을 가리키며 저마다 다른 이름으로 스튜디오나 이글루 아니면 공장이나 창고라고 불렀다.

구조물들의 외관이 우리가 이전까지 알고 있던 어떤 것과도 백 퍼센트 일치하지 않으니 그럴 만도 했다. 명판이라도 붙어 있으면 적힌 대로 불러주겠지만 달려 있는 것이라곤 A-150-156, ㄹ-802-914, Ω-197-893 같은 위치 식별용 표지들뿐이다.

구조물들은 밑변의 긴 쪽이 삼십 미터쯤 되고 짧은 쪽이 십 미터쯤 된다. 높이는 사 미터 정도였는데 천장의 꼭대기 점을 중심으로 완벽한 아치를 이루고 있다. 예를 들어 최대 단면적이 삼백 제곱미터쯤 되는 거대한 롤케이크를 반으로 갈라 엎어놓은 꼴이다.

나는 그 구조물들이 다른 이들의 눈에 어떻게 스튜디오가 되고 이글루가 되고 공장과 창고가 되는지 알 수가 없었다. 내 눈에는 그렇게는 엇비슷하게도 보이지 않았다. 차라리 롤케이크라고 부르는 것이 적절할 듯싶었지만 역겹다는 점에서 그것도 아니었다. 그래서 나는 격납고라고 부르기 시작했다. 나는 수원에 있는 공군 비행장에서 내 짧은 군 복무를 마쳤다. 지금 여기 있는 구조물들은 그 비행장에 있던 격납고들과 똑 닮았다. 안에 비행기가 없다 뿐이지 외관은 똑같다.

하지만 다른 이들도 나름의 이유로 자기가 붙인 명칭을 포기하지 않았다. 그래서 다들 대화가 조금씩 꼬이곤 했다.

"A-150-156 스튜디오에 가봤어요? 거기서 어제 뭔가 나왔나 보더라고요."

"그래요? 그 격납고 주소가 어떻게 된다고요?"

"격납고라니, 무슨 뚱딴지같은 소립니까?"

정말로 그 구조물들에서 저마다 다른 것을 보고 있는지 모른다. 정말로 모두에게 다르게 보이는 것인지도 모른다. 만일 그렇다면 이상한 일이다. 그런데 이 세계에선 별로 이상하게 생각되지 않는다.

스튜디오인지 공장인지 격납고인지 하는 모를 것들이 지평선의 눈 닿는 데까지 아무렇게나 무질서하게 산개해 있다. 수는 많다. 태평양에 일렁이는 파도만큼이나 많다.

9월 2일.

첫날, 내가 떨어진 자리는 ㅎ-802-914라고 하는 격납고 앞이었다. 한 늙은 사내가 나를 물끄러미 내려다보고 있었다. 그는 내가 숨을 돌리기를 기다렸다가 손을 내밀어 잡아 일으키고는 어깨와 등을 털어주었다. 그는 자기를 k라고 소개했다. 이 세계에서의 삶은 그렇게 시작되었다.

며칠 지나는 동안 k는 종종 나를 버려두고 격납고 안으로 들어가 몇 시간씩 있곤 했다. 아마도 그곳이 그의 일터 같았다. 그러다 어제, 그가 나지막한 목소리로 따라 들어오겠냐고 했다.

첫발을 딛자마자 발바닥에 끈적끈적한 것들이 달라붙었다. 점성이 강해 그것들이 내 두 발을 잡아채고 있다는 느낌이 들 정도였다. 그것들은 덩어리째 천장에서 떨어지기도 했다. 방금 흘린 핏물 같은 시뻘건 액체가 내 이마에 떨어져 뺨을 타고 턱까지 흘러내리기도 했다. 고개를 들고 보니 천장에서 검붉기도 하고 검푸르기도 한 것들이 멍울멍울 뭉쳐져 반들거리고 있었다. 핏물 같은 액체는 그 멍울들에서 고드름 끝의 낙숫물처럼 떨어지고 있었다. 바닥의 질척거리는 느낌은 덩어리들 사이에 고인 시뻘건 액체 때문이었다. 덩어리들은 계속 떨어지고 있었다. 바닥, 천장, 벽, 모두 그것들 천지였다.

"이게 다 뭡니까?"

내가 물었다. 안으로 몇 발짝 더 들어가자 쇳내가 진동을 했다. 피비린내라기보다는 그냥 혈액의 철분 성분에서 나는 좀 덜 역겨운 쇳내 같은 냄새였다.

"그러게, 나도 그걸 알고 싶어. 이게 다 뭘 것 같아? 컬러 실리콘? 라텍스? 젤? 인조 단백질 덩어리? 나도 여기 온 지 반년밖엔 되지 않았거든."

나는 어쩐지 색을 잘못 입힌 마시멜로 같다는 생각이 들었다.

"이런 것들에서 종종 뭐가 튀어나오곤 하는지 알면 깜짝 놀랄 거야."

k는 그렇게 말하곤 몇 발짝 더 걸어 들어가 바닥 어딘가를 발끝으로 툭툭 차 보였다.

"그제 발견한 거지. 생기다 만 동물 태아를 본 적 있나? 어쩌다 잘못해서 어미 자궁 밖으로 흘러나온. 꼭 사람이 아니더라도."

k 앞에 있는 덩어리는 꽤 커서 손수레 하나 분량은 되어 보였다. 그는 앓는 소리를 내며 허리를 굽히곤 손을 덩어리 속으로 쑥 밀어 넣었다. 찌걱거리는 소리가 났다. 그는 손을 계속 휘저었다.

잠시 후, 무언가 시뻘건 것이 k의 손에 딸려 나왔다. 나는 속이 뒤집힐 것 같았다.

"이런! 이런!"

k는 방금 끄집어낸 시뻘건 것을 격납고 안쪽으로 가져가 구석으로 던져 넣었다.

"가까이 와서 이것들 좀 볼 테야? 이 생기다 만 것들을 좀 보라고."

나는 손사래를 치고는 바로 뒤돌아 격납고를 나왔다.

나는 k의 의견에 따라 사람들이 덜 다니는 쪽의 격납고 하나를 골라 그 앞을 처소로 삼았다. 그곳에도 고무인지 인조 단백질인지 모를 덩어리들이 격납고 내벽에 가득했고 쇳내를 풍기는 시뻘건 액체들이 발밑에서 질척거리고 있었다.

9월 30일.

또 한 달이 지나가는 동안 소동이 있었다. 그건 어떤 프로젝트의 실패에 대한 책임을 묻는 심판인 것 같았다. 사람들은 그 심판이, 우리가 알지 못하는 곳에서 우리의 운명을 쥐고 흔든 작자들에 대한 것이라고 했다. 심판은 B-602-712 앞에서 열렸다. 이곳에 제대로 된 법체계와 사법제도가 있을 리 만무했으므로 그저 이해 당사자들끼리 모여 앉아 욕지거리를 퍼붓는 것 이상은 되지 않을 것이었다.

심판관은 삼각형의 꼭지에 해당하는 자리에 앉아 큰 소리로 사건 개요를 읊었다. 어떤 프로젝트가 있었는데 그것이 피고 측의 실수인지 고의인지 모를 행위에 의해 심각한 피해를 입었고 그로 인해 빚어진 참담한 결과가 이 세계라는 것이었다. 심판관은 우선 행위의 고의성 여부를 밝혀야 할 것이며 결과의 어느 정도까지가 피고 측이 감당해야 할 몫인가를 논의해야 한다고 했다.

원고 측은 그 프로젝트가 우리가 살던 지구를 하나의 거대한 하트 모양으로 만드는 프로젝트였다고 밝혔다.

"거대한 하트 모양의 지구라고?"

여기저기서 한숨 소리가 터져 나왔다.

원고 측은 거대한 하트 모양의 지구란, 말하자면 거대한 사랑의 기운으로 이 세계를 감싸 안겠다는 원대한 소명 의식의 발로였다고 밝혔다. 사랑의 향기로 세계를 가득 채울 고성능 '사랑의 증류기'가 발명되었다고도 했다. 사랑이라니, 우리가 얼마나 잊고 살았던 단어이던가요? 하고 그는 얼굴을 붉혔다.

원고 측은 지구를 배부른 공 모양에서 사랑이 넘치는 하트 모양으로 바꾸기 위한 대규모 프로젝트를 진행했다고 했다. 아무래도 배부른 공 모양은 지루하고 무의미하니까요, 하고 원고 측은 말했다. 그들은 성실하게 작업에 임했고 프로젝트가 완벽에 가깝게 작동하도록 최선을 다했다고 했다.

"뭐야! 난 금시초문인데!"

다시 사방이 시끄러워졌다.

원고 측에 의하면 사랑으로 가득한 세계를 만들기 위한 첫 삽은, 세계를 불행하게 만드는 갈등 원인들의 우선적인 해소였다. 이는 세계를 구성하고 있는 각종 사회들의 경계를 지워버리는 것으로 종교, 빈부격차, 인종, 민족 분쟁 같은, 누가 감히 손댈까 싶은 문제들까지 자신들이 전부 떠맡았다고 했다. 원고 측은 뿌듯한 얼굴로, 예를 들어 서울은 깅님과 깅북의 수준 격치를 해소하기 위해 한강 크기의 강을 수직으로 하나 더 놓아 동서의 축을 추가했다고 했다. 이로써 네 조각난 서울은 강남과 강북의 이분법이 무의미하게 됐다고 했다. 또한 세계로 눈을 돌려, 아프가니스탄에 알 카에다 같은 광신적인 종교 집단이 횡행하고 있는 것은 메마르고 뜨겁고 먹을 게 없는 기후 탓이라며 아프가니스탄을 북위로 이십 도쯤 끌어올림으로써 온화하고 축축하며 사시사철이 다 있는 기후로 만들었다고 했다. 이제 그들은 논농사를 짓기 위해 여성들의 노동력을 더 필요로 하게 되었고 이로써 지옥 같은 성차별은 완화될 것이라고 했다. 나는 저게 다 무슨 귀신 씻나락 까먹는 소리인가 했다.

원고 측은 그 프로젝트를 '진실한 거짓 세계' 프로젝트라고 불렀다. 구경꾼들은 그 프로젝트가 뭐라 불리든 상관없었다. 여기저기서 저주의 외침이 튀어나왔다. 원고 측은 그런 식으로 현존하는 세계의 경계들을 지워나가면 결국 남는 것은 인간 개개인의 마음속 경계들일 것이고 나중엔 자신들의 경탄할 만한 프로젝트가 그 경계들마저 무너뜨릴 계획이었다고 했다.

"그러면 왜 이 지경이 된 것이오!"

누군가 울분을 참지 못해 큰 소리로 물었다. 뭐가 잘못됐느냐 말이지!

원고 측은 사건이 프로젝트의 실행 마지막 순간에 일어났다고 했다. 정확히 십오 시였다고 했다. 두 명의 최고 책임자가 콘솔 박스를 열어 두 개의 실행 버튼에 각기 손가락을 올려놓았다고 했다. 맹세컨대 자신들은 단 한 순간도 프로젝트를 소홀히 하지 않았다고 했다.

원고 측은 다들 콘솔 박스만 보고 있었기에 자기들 머리 위로 무엇이 날아다니고 있는지 몰랐다고 했다. 원고 측은 그 순간을 이야기하며 슬픈 표정을 지었다.

"하늘을 나는 돼지, 피가수스!"

원고 측은 비탄에 잠겨 끙 소리를 냈다. 마침내 두 개의 검지가 버튼을 힘주어 누르려는 바로 그 순간, 천장 어딘가에서 노란 물줄기 같은 것이 콘솔과 기계장치들 위로 쏟아졌다고 했다. 그 단 한 줄기 오줌이 모든 것을 망쳐놓았다고 했다. 기계장치가 불꽃을 내며 타올랐고 현장의 사람들은 암모니아 가스와 화재 연기와 갑작스런 놀람과 슬픔에 눈물을 흘렸다고 했다. 머리 위에서 꿀꿀 소리가 나 고개를 들어보니 피가수스가 천장 구석에서 시원한 얼굴로 허우적대고 있었다고 했다. 그 두툼한 네 발을 휘저어대며 노래까지 불렀다고 했다.

원고 측은 단호한 목소리로 심판관을 향해 말했다.

"도축을 해서 바비큐로 만듭시다."

하지만 심판관은 피고 측 이야기도 듣고 싶어 했다. 피고 측에는 핑크빛 돼지가 아니라 피곤한 표정의 중년 사내가 나와 있었다.

"그것이 사실이라면 돼지한테 무슨 진술을 듣겠다는 거야? 꿀꿀 소리나 들으셔."

피고 측은 심드렁하게 중얼거리곤 입을 닫아버렸다.

"피가수스는 어디 있습니까?"

심판관이 물었다. 그러자 구경꾼들 사이에서 누군가 외쳤다.

"피가수스는 여기 있어. 여기 있을뿐더러, 이 수작을 처음부터 끝까지 다 지켜봤어."

구경꾼들 사이에서 웅성거리는 소리가 났다. 나 역시 목을 쭉 뽑았다. 심판관이 소리를 높였다.

"잘못이 분명하다면 바비큐가 아니라 무엇을 못 하겠습니까. 하지만 이런 의문이 드는군요. 그렇게 대단한 프로젝트가 겨우 돼지 한 마리가 흘린 오줌 때문에 실패했다고요? 콘솔 박스에 방수 처리도 안 했답니까?"

그러자 구경꾼들 사이에서 그래, 맞아, 그건 모함이라고, 하는 소리가 들려왔다. 그 소리는 점차 동의를 얻어 커지고 있었다. 원고 측의 당황한 신음 소리는 피가수스를 옹호하는 고함에 묻혀 사라졌다.

그때 다시 한 번 이해 못 할 광경이 펼쳐졌다. 진행을 위해 일어서 있던 심판관이 크게 신음을 내기 시작했다. 울부짖는 소리 같기도 했고 앓는 소리 같기도 했고 한편으론 짐승이 내는 소리 같기도 했다. 모두의 눈이 심판관에게 쏠렸다.

심판관의 셔츠를 열고 무언가가 빠져나오고 있었다. 셔츠 단추가 떨어져 나가는 소리가 들리는 것만 같았다. 심판관의 셔츠를 열고 시뻘건 것이 몸부림치며 빠져나오고 있었다. 돼지 코가 우리를 향해 킁킁거리고 있었다. 그것은 겨우 팔뚝만 한 크기로, 털빛이 새빨갛다는 것 외엔 흔히 보는 돼지와 다르지 않았다. 돼지는 심판관의 흉골과 늑골을 일거에 무너뜨리며 튀어 올랐다.

피가수스는 배가 푹 꺼져 뒤로 쓰러지는 심판관을 디딤널 삼아 힘껏 공중으로 날아올랐다. 심판관을 뒷발로 걷어차며 높이 솟구쳐 올랐다. 돼지는 날아올랐다. 돼지는 우리 머리 위를, 격납고 위를 날기 시작했다. 그러곤 이렇게 말했다.

"당신들은 미쳤어. 어떻게 미치지 않고서야 날 옹호할 수가 있지? 어째서 내가 유죄가 아니야? 난 유죄야. 내 오줌 줄기의 위력이 그리 한심해 보여? 엿이나 먹어. 난 끝까지 처벌받을래. 날 처벌해줘."

피가수스는 허공에서 허우적대고 있었다. 돼지가 내지르는 소리가 귀 따갑게 울려 퍼졌다. 벌어진 입을 다물 수가 없었다.

"난 처벌받아야 해. 다 내 잘못이야. 우발적인 건 하나도 없었어. 모든 게 의도적이었거든. 내 오줌발은 작은 핵미사일 같아. 모든 걸 날려버리지. 난 끝까지 우길 거야. 내가 심판관의 가슴속에 너무 오래 있느라 돌아버렸다고 생각하겠지. 아냐, 난 말짱해."

그러면서 팔뚝만 한 크기의 새빨간 피가수스는 우리 머리 위를 크게 한 번 선회했다. 몇몇은 오줌에 얻어맞을까 봐 머리를 감싸 쥐곤 근처의 격납고 안으로 피신했다. 돼지는 기분이 좋아졌는지 꿀꿀 웃어댔다.

피가수스는 날개가 달려 있거나 하진 않았다. 그냥 네 발을 휘젓는 것으로도 돼지는 추락하지 않고 높이를 유지할 수 있었다.

"하늘을 나는 돼지를 본 적 있어? 내가 바로 그 돼지야. 네놈들의 가슴팍을 뚫고 날아오르는 돼지, 그 돼지. 네놈들 가슴속에 살고 있는 돼지. 뭐든 망쳐놓지 못해서 안달이 난 돼지. 솔직히 말해봐, 하늘을 나는 돼지를 본 적 있어? 당신들은 미친 거야."

피가수스는 지평선을 향해 날아갔다. 돼지의 방정 떠는 꼬리를 따라 흥에 겨운 노랫소리가 흘러나왔다.

"모든 돼지는 평등하다.
그러나 몇몇 돼지는
다른 돼지보다 더욱 평등하다."

10월 26일.

하늘을 나는 돼지 사건 이후로 많은 것이 분명해졌다.

"그러니까 어느 날 내가 알지도 못하는 어떤 자식들이 벌여놓은 웬 프로젝트를 어떤 알지도 못하는 돼지가 나서서 다 망쳐놓은 덕에 내가 지금 이 모양 이 꼴이 됐다는 얘기잖아!"

어떻게 분통을 터뜨리지 않을 수 있을까. 나는 내가 살던 세계를 잊지 못하고 있다. 몸은 여기에 있지만 영혼은 여전히 저기에 있다. 내 영혼은 저 세계를 떠나지 못하고 있다. 아니, 아니. 헷갈려서 그러는데, 혹시 육체가 저 세계에 있고 영혼이 이 세계에 있는 건가?

시야 저 멀리로 깔린 우울한 지평선을 바라보고 있자면 원고 측이 했던 말이 떠오른다. 세계의 현존하는 모든 경계들을 지울 계획이었고 종국엔 마음의 경계들마저 지울 계획이었다고. 자꾸만 뒤로 물러서기만 하는 지평선을 보고 있자면 그 프로젝트가 얼마쯤은 성공했다는 느낌이 든다. 적어도 경계선을 지우는 데는 성공했는지도 모른다. 아무튼 이 세계를 이도 저도 아닌 것으로 만든 건 그자들이다. 생기다 만 것으로 만들었다. k의 격납고에서 본 생기다 만 태아 같은 것이 불현듯 떠오른다.

며칠 전 k는 나그네가 되어 길을 떠났다. 그는 그 작자들이 지구를 하트 모양으로 만들고 사랑의 기운으로 감싸기 위해서 우리 세계를 얼마나 망가뜨렸는지 알고 싶어 했다.

11월 25일.

k는 돌아오지 않았다. 아직 지평선의 끝, 경계에 가 닿지 않은 모양이다. 한 달째다. 길이나 잃지 않았는지.

k는 대문자 K에 대한 존경과 겸양을 표하기 위해 최후 순간의 베드로처럼, 자신을 소문자로 표기하는 것이라고 했다. 그는 기독교도였다. 그가 말하길, 복음서 속의 베드로라는 친구는 동이 트기 전에 예수를 세 번이나 부정했다고 했다. 난 몰라요, 몰라요, 몰라요,라고. 그는 그걸 배신이 아니라 겸양의 뜻으로 해석했다. 예수를 알은체할 만큼 난 의미 있는 존재가 아니야,라는.

k가 말하길, K는 청소년기에 자신에게 큰 영향을 끼친 실존 인물이라고 했다. 대문자 K가 살았던 시대는 들어서자마자 입구가 지워지고 출구마저 주어지지 않는 미로의 시대였고 끝도 없는 칸막이 방으로 이뤄진 시대였다고 했다.

그런 시대가 과연 어느 시대였나. 나는 k가 소설을 쓰고 있다고 생각했다.

12월 10일.

나는 아직도 k를 기다리고 있다. 그가 돌아와서 이 세계는 무엇이다, 알고 보니 무엇이었다,라고 한마디 해주기를 고대하고 있다.

내가 살던 세계에는 경계가 있었다. 경계가 있었기에 야심찬 지도 제작자들이 속속들이 세계를 탐험할 수 있었다. 경계와 경계가 만나는 지점, 경계의 끝에 가본 결과 그들은 마침내 인공위성의 힘을 빌리지 않고도 지구가 배부른 공 모양이라고 규정할 수 있었다.

이 세계에선 아직 그럴 수 없다. 아직 어느 누가 이 세계의 경계에 도달했다는 얘기는 듣지 못했다. 어느 누가 이 세계의 전모 비슷한 거라도 알고 있다는 얘기도 듣지 못했다. 경계란 존재의 기초다. 세계에 경계가 없다면 이름도 규정도 없다. 경계가 없다면 전무거나 전부일 터이고 그렇다면 구태여 규정지을 필요도 생기지 않는다.

억지로 이 세계를 규정지을 수는 없다. 어느 누구에게도 그럴 권리는 없다. 규정지을 수 없는 세계를 규정지을 권리는 누구에게도 없다. 조물주라면 몰라도. 하지만 조물주에게도 이 세계는 잊힌 듯하다. 그래서 k처럼 사람들이 나그네가 되어 자꾸 길을 떠나고 있다.

1월 20일.

나는 아직 어디를 갈 필요를 느끼지 않는다. 나는 길을 떠난 나그네들을 몇몇 알고 있다. 그들은 불안한 나머지 불을 피워 달라고 했다. 그들은 연기가 표지가 되어준다면 길을 잃더라도 언제든 돌아올 수 있다고 생각했다. 이 세계는 바람이 없는 탓에 불을 피우면 연기가 흩어지지 않고 가지런히 한 줄로 솟아오른다.

하지만 k처럼 그들 중 누구도 출발한 자리로 돌아오지 않았다.

2월 11일.

나 역시 나그네가 되었다. 다섯번째 나그네가 길을 떠나고 일주일 만에 나 자신이 여섯번째 나그네가 되었다.

어제는 벌써 넉 달째 나그네 생활을 하고 있는 사람을 만났다. 그는 이 세계의 서쪽 어딘가에 떨어졌는데, 사람들이 다닌 흔적이 없는 자리만 골라 디디며 넉 달째 걷고 있다고 했다. 나는 뭘 봤느냐고 물었는데 그는 물류 창고들이라고 답했다. 그는 저 세계에서 냉동 탑차 운전수였다.

지치고 병든 육체 때문에 그는 감상적이 되어 있었다. 그는 이 세계를 '물류 창고들의 바다'라고 시적으로 표현했다. 우리는 서로 정보를 나누었다. 그가 보았던 숱한 창고들, 창고의 내벽을 적시며 흘러내리는 이상한 덩어리와 뻘건 액체 들, 끝이 없는 지평선…… 이 세계를 뭐라고 규정지었으면 좋겠느냐고 넌지시 물었을 때 그는 이렇게 답했다.

"과거와 미래의 중간이요."

"현재란 말씀이군요."

"아니, 연옥이요."

연옥이라…… 그는 가톨릭 신자였다. 저 세계에서는 일요일마다 성당엘 나갔다고 했다.

그는 인적이 느껴지지 않는 방향으로 다시 길을 떠났다. 나는 언젠가 그가 진정한 경계를 만나게 되기를 진심으로 빈다. 나는 그처럼 오래 걷지는 못할 것이다.

나는 딱히 방향을 정해놓지 않았다. 무엇을 기준으로 방향을 정해야 할지도 모른다. 격납고마다 위치 식별용 표지가 붙어 있지만 그것들은 너무 뒤죽박죽인 데다 너무 많아 어떻게 써먹어야 할지 알 수가 없다. 표지들의 순서에 감춰진 규칙이 있어 나름의 수열이 존재한다면 활용할 수 있겠지만 있을 것 같지도 않고 있더라도 그런 수열의 유무를 밝혀낼 능력은 내게 없다.

나는 떠나올 때 불도 피우지 않았다. 길을 걷다가 두려운 마음에 돌아보게 되지만 그 순간 눈으로 확인하게 되는 것은, 장마철 빗줄기와도 같은 숱한 연기 기둥들이다. 다들 똑같은 생각에서 사방에서 불을 피워 올리는 것이다.

나그네들은 결국 길을 잃게 된다.

3월 1일.

오랜만에 다른 나그네를 만나 이야기를 나누었다. 그는 그저 방황하고 있었다.

그는 이 광막한 세계 앞에서 숨이 막힌다고 했다. 그는 이 세계 어디에 사랑이 있냐고 물었다. 그는 지금까지 지나쳐온 스튜디오들에 대해서 이야기했다. 끔찍한 것들이 튀어나오곤 하는 이해할 수 없는 스튜디오.

그는 파트타임 디제이였다. 파티 대행 회사에 소속돼 연회장에 불려 다니며 엠시와 짝을 이뤄 뒤풀이를 이끄는 일을 했다. 어느 날 기업 단합대회에서 흥을 돋우고 있는데 판을 뒤집다가 여기로 떨어졌다고 했다.

그는 어디에라도 하소연을 하고 싶어 했다. 억울함에 가슴앓이를 하고 있었다. 이 죄악을 바로잡아줄 누군가를 찾고 있었다. 하지만 그게 누구인지 누가 알겠는가.

그는 이걸 꿈이라고 규정짓고 싶어 했다. 나는 성급한 판단이라며 말렸다. 그는 결국 꿈이라고 규정지어버렸다. 그러고는 얼마 지나지 않아 꿈에서 깨어나고 싶다며 자해를 했다. 그는 피를 흘렸다. 하지만 어디에서도 깨어나지 않았다.

그러자 그는 다른 식으로 규정짓고자 했다. 그는 디제이의 믹싱에 대해 얘기했다. 그러면서 이 세계는 보이지 않는 어떤 손에 의한 믹싱의 결과일 것이라고 했다. 그 증거로, 스튜디오의 내벽에서 흘러내리는 뭐라 딱히 콕 집어 표현할 수 없는 불그죽죽하고 푸르죽죽한 모호한 덩어리들을 지목했다. 믹싱을 할 때 스피커에서 울려나오는 음파들을 부풀려 색을 입히고 양감을 부여하면 꼭 저 덩어리처럼 보일 것이라고 했다. 그러곤 맥주가 없는 세상엔 단 한 순간도 살고프지 않다고 덧붙였다. 그는 이 세계에 엠시가 없다는 데 절망했다.

"엠시 없이 디제이만 있는 세상을 상상해봤어요? 이 세계가 그래요."

3월 10일.

디제이에겐 목표가 하나 더 있었다. 그는 라디오를 찾고 있었다. 그는 음악을 듣고자 했다. 내가 하츠데일즈를 모른다고 하자 그는 흠칫 놀라는 눈치였다. 엠 플로도 모른다고 하자 뒷걸음질을 쳤다.

우리는 라디오 겸용 엠피스리 플레이어를 얻을 수 있었다. 공항에 빠진 나그네의 재킷 속주머니에서 찾을 수 있었다. 그는 음악을 말고도 라디오 방송을 원했다. 그는 이 세계 바깥에 다른 세계가 존재한다는 사실을 라디오 방송을 통해 확인하고 싶어 했다. 그는 라디오에서 다른 세계의 핫뉴스와 일기예보를 듣고 싶어 했다. ……지역의 아침 기온은……지역의 비 올 확률은, 하는 소리를 듣고 싶어 했다.

하지만 우리는 잡음밖엔 들을 수 없었다. 그것마저 금세 꺼졌다. 이 세계 바깥에 다른 세계가 있으려면 먼저 이 세계에 경계가 있어야 한다. 그는 그 점을 이해 못 했다. 결국 나는 디제이와 헤어졌다. 그는 환각을 보았다. 그는 스튜디오 너머로 라디오 방송국의 높다란 전파 송신용 안테나가 보인다며 그쪽을 따라갔다. 실망감이 그의 정신을 무너뜨린 것이다.

4월 3일.

지금 나는 어느 중견 기업의 회장과 함께 걷고 있다. 몇 년 전에 용역 업체를 통해 불법적인 노조 파괴 행위를 벌인 것으로 뉴스 헤드라인을 장식했던 인물이었다. 그는 세상만사는 다 해석하기 나름이라고 했다. 노조 파괴라니, 그저 구사 행위였을 뿐인데.

회장은 이 세계 역시 해석의 문제라고 했다. 내가 저것들이 격납고가 아니라면 대체 무엇이냐고 묻자 그는 자신이 베트남 하노이에 세운 플랜트 설비와 똑같아 보인다고 했다. 그는 내 표정을 살피더니, 하지만 내 생각을 존중한다고 했다. 플랜트라고 우길 생각은 없다고 했다.

"그저 자네에게 보이는 대로 여기게."

회장은 그렇게 말하곤 나도 내 편할 대로 여길 테니, 하고 덧붙였다. 그는 노조 대표에게도 똑같이 말했다고 했다. 자네들 정한 대로 하게나. 난 자네들 생각을 뜯어고칠 마음이 없어. 그러니 서로 존중해주자고. 자네들도 나를 설득할 마음은 품지 않으면 좋겠어.

나는 회장의 말을 곰곰이 생각해보았다. 나는 회장에게 그런 강자의 논리가 어디 있느냐고 했다. 회장은 그게 다양성을 존중해주자는 거지 어째서 강자의 논리냐고 했다.

회장과 많은 이야기를 나눈 끝에 우리는 기분 좋게 헤어지기로 했다. 그가 말하길 내 걸음이 그의 걸음보다 꼭 사분의 일 보씩 빠르기 때문에 쫓아가기에 벅차다는 것이었다. 나는 그렇다면 내가 걸음을 늦추겠다고 했다. 하지만 그는 늙은이가 자기 걸음이 느리다고 해서 젊은이의 걸음까지 늦추게 해서는 안 된다며 당신 삶도 돌아볼 겸 혼자 길을 떠나겠다고 했다.

나는 그러시라고 했다. 나는 그가 지난 삶을 다 돌아보기 전에 이 세계의 끝에 가 닿기를 진심으로 바란다.

4월 4일.

나도 당분간은 혼자 다닐 생각이다. 회장은 실패한 프로젝트 이야기를 상기시키며, 망가지고 불탄 기계장치를 방치하는 회사는 세상에 없다고 했다. 아주 폐업할 작정이 아니라면 말이다. 그는 피가수스의 핵미사일에 의해 파괴된 기계장치를 새것처럼 고쳐놓을 기술자 그룹이 조만간 도래하지 않겠냐고 했다. 조만간 말이지. 그의 노회한 두 눈이 반짝였다.

4월 30일.

나는 회장이 유언처럼 남긴 이야기를 만나는 사람들마다 전해주었다. 나 스스로 거짓이라는 생각은 들지 않았다. 가능성이 없지는 않은 이야기였다.

하지만 내 곁으로 와 귀를 기울이고 믿어주는 이는 많지 않았다. 희망에 관한 이야기였는데도 말이다. 그들은 이미 실망을 많이 했고 상처도 많이 받았다. 흥미를 좀 보이는 소수의 사람들은 지친 나머지 마음이 무장 해제된 이들이었다. 그들은 미쳐가는 중이었고 하늘에서 천사가 내려온다고 해도 믿어줄 태세였다.

그들은 타버린 전자 회로와 날아간 프로그램과 폭발한 전력 공급 장치를 복구할 경이로운 기술자 그룹이 세계를 구원하기 위해 도래할 거라는 얘기를 잠자코 들어주었다. 그리고 그들은 물었다. 그렇다면 지구는 하트 모양이 되는 거요, 아니면 전처럼 배부른 공 모양이 되는 거요? 그건 나도 모른다. 아무튼 한 달을 떠벌리고 다녔으니 이야기는 적잖이 퍼져나갔을 것이다.

희망이 나를 수다쟁이로 만들었다. 걸음은 더욱 빨라져 있었다. 빨리 걷는다고 기술자 그룹이 더 빨리 도착하는 것은 아니지만 내 걸음은 빨라져 있었다.

6월 2일.

다시 길동무를 얻었다. 한창 걷고 있는데 이 젊은 친구가 따라붙은 것이다. 수수께끼 같은 데가 있다. 뭘 하던 친구냐고 물어도 그저 웃기만 했다. 여기 떨어지면 대개는 지켜야 할 것이 아무것도 남아 있지 않다는 생각에 비밀이 없어지는데 말이다.

젊은 친구는 앞서거니 뒤서거니 하며 나와 계속 동행했다. 내가 지나는 이들을 붙들고 기술자 그룹에 대해 이야기할 때면 한 발짝 물러서 우두커니 서 있곤 했다. 그는 나보다 빨리 걷기도 하고 느리게 걷기도 했지만 결국엔 나와 보조를 맞추곤 했다.

내가 이름이 뭐냐고 물었을 때 그는 철수라고 답했다. 나는 웃었다.

"맞아요. 초등학교 교과서에 나왔던 이름이죠."

나는 다시 웃었다. 그도 살짝 웃었지만, 보통 때의 그는 입을 꾹 다물고 초점을 흐린 채로 표정이 없다. 말할 때나 살짝 미소를 지을 때가 얼굴 표정에 그나마 변화가 있는 순간인데, 그 순간에도 윗눈썹은 그려놓은 것처럼 미동도 없다. 전반적으로 얼굴 근육이 마비된 것처럼 보인다. 가만히 서 있을 땐 두 팔을 축 내려뜨리곤 하는데 내 눈엔 그게 참 무시무시해 보인다. 죽지부터 손가락 끝마디까지 힘을 빼고 축 내려뜨리고 있을 뿐인데 그 모습이 이따금 날 얼어붙게 만든다.

철수와 함께 다니는 동안 동행자 셋이 더 생겼다. 내가 떠벌린 기술자 그룹 얘기에 혹해서 따라붙은 것이다. 셋 다 기술자다. 하나는 공장 자동제어 기술자고 다른 하나는 회계 프로그램 설계자, 나머지 하나는 자동차 튜닝 기술자다. 세 기술 모두 이 세계에선 쓸모가 없다. 그래서 기술자 그룹이 도래하면 기회를 봐서 그쪽에 합류하려는 것이다.

엿들으려 한 건 아니지만, 철수는 그들 중 하나에게 자기는 길동이라고 소개했다. 다른 하나에겐 종석이라고, 나머지 하나에겐 영찬이라고 자신을 소개했다. 그러면서도 내가 멀리서 철수 씨, 하고 부르면 냉큼 고개를 돌려 응답을 한다.

이 무슨 괴상한 장난인가. 하지만 께름칙하다고 해서 철수를 나무랄 권리가 내게는 없다. 나는 누굴 나무랄 위치에 있는 사람이 아니다. 나는 엉터리다. 나는 오늘 강연에서 엉겁결에 기술자 그룹이 나귀를 타고 나타날 거라고 했다. 공황에 시달리는 이들이 모여들어 웅성거렸다. 나귀를 탄 이들이 이 세계를 고쳐놓을 겁니다. 강연이 끝났을 때 다시 두 명이 더 따라붙었다.

7월 21일.

마침내 무리는 열다섯이 되었다. 강연 횟수도 하루 두 번으로 늘렸다. 그들은 그저 묵묵히 뒤를 따라왔다. 귀찮게 굴지도 않았고 시간이 되면 얌전히 내 앞에 둘러앉았다. 강연 시간은 점차 길어졌고 내용도 풍부해졌다.

이따금 반론이 들어온다. 선생님, 이 세계를 망쳐놓은 것도 우리가 모르는 어떤 놈팡이들이고 또 그걸 바로잡아줄 놈들도 우리와 생면부지인 어떤 놈들이라는 거요? 예, 예. 그렇담 언제쯤 우리가 우리 세상을 우리 맘대로 할 수 있단 말이요? 아, 그건 그렇네요.

그리고 오늘 깨달은 건데, 내 강연이 그들에겐 텔레비전이나 라디오의 대안으로 여겨지고 있을 가능성이다. 연속극이나 코미디 프로그램으로. 나는 광대로.

8월 9일.

꺼림칙한 건 철수다. 그는 종일 한마디도 걸어오지 않으면서도 한순간도 내 곁을 떠나려 하지 않는다. 그는 온순한 표정으로 강연에 집중한다. 그러곤 강연이 끝나면 또다시 몇 발짝 떨어져서 나를 따라온다. 무리가 스무 명, 서른 명으로 늘어도 그에게 신경을 쓰게 된다. 그는 내 경계심을 자극한다. 그는 잘 때는 나보다 늦게 자고, 깰 때는 나보다 일찍 깬다. 어떻게 그럴 수 있는가. 이름도 매번 바꿔 소개한다. 진각으로 수영으로. 그러면서도 내겐 여전히 철수다. 그의 두 팔은 여전히 무시무시하게 내려뜨려져 있다. 내 강연은 계속된다.

"어쩌면 이럴 것입니다. 이 부조리한 세계를 뜯어고치기 위해 기술자들이 오게 됩니다. 멀리서도 알아볼 수 있지요. 어느 쪽 지평선에서 나타날지는 모릅니다. 지도도 없고 표지도 알쏭달쏭하고 도로라고 할 만한 것도 없으니. 하지만 우리는 도래의 순간을 놓치지 않을 겁니다. 멀리서도 그들이 탄 나귀의 팔랑이는 두 귀를 알아볼 수 있을 겁니다. 기술자들이 콘솔 박스를 손보고 프로그램을 다시 짜 넣고 마침내 전력을 투입하여 기계를 가동하게 되면 이 세계는 다시금 우리가 이해할 수 있는 쉬운 세계가 되는 겁니다……

　……이해하기 쉬운 단순한 세계, 얼마나 그리운 세계입니까. 지금처럼 생기다 만 애매한 모습의 아무도 규정지을 수 없는 세계란 피곤하고 괴로울 따름이지요. 이 세계 저 세계 떠돌아 다니기에 지친 우리의 영혼은 하나의 세계만을 원합니다. 혜택은 누구에게나 돌아갑니다. 우리가 동일한 세계에 살고 있는 한 말이지요. 콘솔 박스의 실행 버튼은 결국 올바른 방향으로 눌리게 될 것입니다……

　……우리는 상상할 수 있습니다. 콧구멍을 크게 벌릴 준비를 하세요. 바람이 신선한 공기를 몰고 올 것입니다. 세계는 한 단어나 한 문장 정도로 간단히 규정될 것입니다. 저 구조물들은 단 하나의 이름만을 갖게 될 것입니다. 저 수상한 단백질 덩어리들은 생기다 만 것들이 아닌 뭔가 의미 있는 것들을 뱉어낼 것입니다. 표지들은 알기 쉬운 수열로 정리될 것이고 마침내 지도 제작자들이 활동을 개시할 겁니다. 그러면 머잖아 기대하던 세계 지도도 완성될 것입니다. 감히 말합니다, 우리는 우리의 세계를 되찾을 겁니다……"

　11월 3일.

　이제 우리 무리는 하나하나 흩어져 사방에서 제각기 강연회를 연다. 쫓아다니며 들어보지 않았으니 무슨 내용일지 짐작도 안 되지만 세상만사는 다 해석하기 나름이다. 내가 참견할 바가 아니다.

나는 그동안 즐거웠다. 나는 내게도 없는 희망을 다른 이들에게 나눠주었다. 남은 문제는 철수뿐이다.

"철수 씨, 이제 철수 씨도 독립해서 강연을 해보시죠."

철수는 여전히 내 곁에 남아 두 팔을 내려뜨리고 있다. 그는 여전히 전화번호부 인명 편을 읽어 내려가듯 수백 개의 이름을 바꿔가며 사용하고 있었다.

"철수가 본명은 아니지요?"

내가 묻자 철수는 부드러운 눈길로 바라보며 다시 두 팔을 축 내려뜨렸다.

"제 본명은 저 세상에 있는 제 회사 명함에 박혀 있답니다. 여기 떨어질 때 다 빠뜨리고 왔지요. 제 본명은 회사 사무실 책상 서랍에 들어 있어요. 저도 되찾게 되길 바랍니다."

우리는 묵묵히 서 있었다. 우리는 늘 별 대화가 없었다.

"아무것도 마시지 않고 아무것도 먹지 않은 지 벌써 일 년이 넘었군요."

아, 나는 그 사실을 전혀 깨닫지 못하고 있었다. 이 세계에선 지금까지 배고픔도 목마름도 없었다.

그러고 보니 아, 이 세계엔 해도 달도 없다. 그런데 철수도 아직 그것까지는 깨닫지 못한 듯했다.

"대형 마트 하나 없는 곳에서 이 많은 사람들이 먹을 것을 다 어떻게 마련하겠어요?"

철수는 냉담한 미소를 띤 채 나를 바라보았다.

"바람이 그리워요. 이제 피비린내 좀 맡지 않았으면 좋겠어요."

내가 나지막이 중얼거렸다.

신데렐라 게임을
아세요?

"책방이 언제 생겼지?"

하고 나는 약간 혼란스러운 기분이 되어 걸음을 멈췄다.

책방은 증권회사 빌딩과 케이블 방송국 빌딩 사이에 들어서 있었다. 증권회사 빌딩은 십이 층이었고 케이블 방송국 빌딩은 그보다 두어 층 더 낮았다. 둘 다 지어신 지 십 년 안팎의 말쑥한 빌딩이었다. 그 두 빌딩은 소방법이 어떻게 되는지는 모르겠지만, 폭 이 미터 정도의 자투리 공간을 두고 나란히 서 있었다.

폭 이 미터면 짐꾼들이 쓰는 손수레 하나를 세워둘 만한 공간이다. 종종 에어컨 실외기를 세워두는 용도나 흡연을 위한 장소로 쓰이는 것을 본다. 쓰레기들로 지저분해져서 말이다. 하지만 강남과 같은 번화가에선 그런 공간도 쓸모가 많을 수 있다. 작은 규모의 배달 전문 꽃집이나 구두 수선집이 빌딩 사이 자투리 공간을 차지하고 영업하는 것을 가끔 본다.

책방도 그렇게 두 빌딩이 나란히 선 자리 틈새 공간에 들어서 있었다. 내가 혼란스러웠던 건 얼마 전까지만 해도 거기에 뭔가 다른 게 있었던 듯싶어서였다. 뭐였더라, 하고 나는 기억을 더듬어보았지만 이거다 싶게 떠오르는 건 없었다.

책방이 입주한 지 얼마 되지 않은 건 맞다. 외관에서부터 갓 공사한 티가 났다. 출입문 좌우에 세워놓은 시뻘건 통나무 문설주에선 아직 도료 냄새가 풍겼고, 지붕에 얹은 장식용 황동 기와에선 반들반들 윤이 흐르고 있었다.

쾌청한 날이었다. 그래서 그날 책방이 내 눈에 띄었는지도 모른다. 황동 기와에서 유리벽 안 진열대까지 책방의 모든 것이 반짝반짝 빛을 내며 날 부르고 있었다. 난 방금 들어섰어요, 난 아직 때가 타지 않았어요, 난 처녀예요, 하고.

하지만 그런 입지 조건이 책방에 어울리는 것인지 알 수가 없었다. 주거 지역은 몇 블록이나 떨어져 있고 근처에 학교도 없다. 모든 빌딩에 무선 인터넷 환경이 설치돼 있고 어디서나 휴대전화로 접속이 가능하니 굳이 오프라인 책방에 나가지 않아도 손쉽게 온라인 서점에서 책 구매가 가능하다. 게다가 굴지의 대형 서점이 십 분 거리에 자리 잡고 있다. 그리고 요즘 도시인들이 어디 책을 읽던가?

이런저런 생각을 하며 나는 책방 진열대를 들여다보고 있었다. 나도 제목은 들어본 베스트셀러 소설이 두 권 눈에 띄었다.

번역 인문서도 세 권인가 놓여 있었다. 그리고 선홍색 가죽 표지의, 손바닥에 올려놓고 한 손으로 만원 지하철에서 읽기 딱 좋은, 작은 판형의 『신데렐라』 한 권이 진열대 맨 윗단을 차지하고 있었다.

『신데렐라』가 이 책방의 상징인 듯싶었다. 처마 아래, 손으로 휘갈겨 쓴 듯한 서체의 스카시 간판이 아주 조그맣게, 일부러 숨겨둔 것처럼 붙어 있었다. 신경 써서 찾지 않으면 그냥 지나갈 법한 자리에 작은 크기로 〈신데렐라 책방〉이라고.

문설주 아래 소형 스피커에서는 공영방송 라디오 클래식 프로그램의 첼로 협주곡이 흘러나오고 있었다.

책방의 외관을 묘사하라고 하면 그게 다였다. 흔한 패션 잡지 포스터 같은 건 어디에도 붙어 있지 않았다. 여러모로 흔히 보는 서점의 평균적인 모습과 어긋나는 인상의 책방이었다. 이 거리에서 누가 책을 사 본다고 입지 조건도 그렇고 보일락 말락 한 간판도 그렇고 진열대의 구성까지 그랬다.

정신을 차려보니, 내가 누가 떠민 것처럼 유리문을 열고 책방 안으로 반보쯤 발을 들여놓고 있었다. 아니면 누군가 손목을 잡고 안에서 당긴 것처럼.

안쪽으로 깊숙하게 뻗은 공간 저 끝에서 누군가 이쪽을 향해 몸을 돌리고 있었다. 밴드로 묶은 긴 생머리가 허리께까지 내려와 있었다. 내부는 약간 어두웠는데 할로겐등 몇 개가 형광등을 대신해 실내에 아늑하고 안정된 느낌의 노란빛을 뿌리고 있었다.

그러고 나서 며칠을 앓았다. 약간 몸살기가 있는 것처럼 사지가 늘어지고 식욕이 없어지고 일상만사에 의욕을 잃었다. 책방에 한 발 들여놓았다가 슬쩍 도로 빼고 돌아온 다음 날부터였다.

나는 사실 살 책이 아무것도 없었다. 무슨 책을 사야 할지도 몰랐다. 나는 오랫동안 책방엔 볼일이 없는 사람이었다. 나는 오래전부터 책에 대해 하나도 궁금한 게 없는 사람이었다. 하지만 과거엔 그렇지 않았다. 그 사실이 나를 앓아눕게 만든 것이다. 그 책방이 까맣게 잊고 지내던 과거의 나를 불러들여 현재의 나를 몹시 실망스러운 존재로 만들었던 것이다.

과거의 나는 도서관 소년이었다. 나는 방학이면 도서관 열람실에서 살다시피 하던 도서관 맹렬 회원이었고 학기 중에도 시간 나는 대로 책을 대여해 읽었다. 교과 과정은 뒷전이었다. 초등학교 입학 전에는 동네 친구의 양장본 '소년소녀를 위한 세계문학 전집'을 빌려 죄다 읽었고, 초등학교에 입학해서는 학교 도서관의 동화책을 섭렵하기 시작했다. 학교 도서관의 장서가 바닥을 드러낼 즈음엔 사직공원에 있는 어린이도서관의 회원이 되어 그쪽 장서를 바닥내기 시작했다.

그랬다, 나는 그런 도서관 소년이었다. 하지만 나이를 먹어 소년티를 벗을 때쯤 도서관에서 멀어지기 시작했다. 도서관 소년은 이제 더 이상 소년이 아니었다. 청년기엔 만화책과 여자애들 엉덩이를 쫓아다녔고 성년이 되어선 영화와 게임과 성년 여자

엉덩이에 탐닉했다. 도서관에서 멀어지자 책에서도 멀어졌다. 지금의 나는 우리 동네에 도서관이 어디 처박혀 있는지도 알지 못한다.

그러다가 그 특이한 인상의 책방과 마주친 것이었고, 과거의 기억이 돌아오자 현재의 내 모습에 실망해 몸살까지 앓게 된 것이다. 나는 생각했다. 오프라인 책방에 마지막으로 들렀던 게 언제였지? 자격증 공부를 위한 것이 아닌 그저 읽는 즐거움만을 위해 책을 사본 게 언제였지? 읽을 만한 책이 없다는 둥 책을 읽지 말자는 둥 호기를 부렸던 건 왜지? 책을 잡을 때 느껴지는 두툼한 손맛과 오래 묵은 책의 종이 향내와 갓 찍어낸 책의 잉크 냄새가 거짓말처럼 그리워지는 건 또 왜지?

앓는 동안 꿈을 꾸기도 했는데 책 창고가 배경이었다. 나는 천당까지 쌓아올린 책의 탑들 아래에서 쭈그리고 앉아 책을 읽었다. 제목도 모르는 책들이, 본 적도 없는 이상한 외국어들로 씌어진 책들이 어서 날 읽어달라고 재촉하고 있었다. 하지만 독서라는 게 어디 속도를 내기 쉬운 일인가. 게다가 어떤 책들은 펼치자마자 이유도 없이 내 손에서 부스러져 내렸다. 가루가 되어 흩날리기도 하고 도로에 까는 타르처럼 녹아내려 지저분하게 바지를 더럽혀놓기도 했다. 어떤 책은 읽는 족족 활자들이 파리가 되어 날아가버리기도 했다. 그래선 독서가 곤란하다. 책이란 흔히 이전에 읽었던 페이지들로 돌아가 되짚어봐야 하는 것이기 때문이다. 나는 그 많은 책들을 앞에 두고도 한 권도 다

읽지 못했다. 그러다 잠에서 깼는데, 그런데도 기분이 이상하게 좋았다. 나는 행복한 기분으로 잠에서 깼다.

그런데 새로 생긴 책방에 대해서라면 회사에서 모르는 이가 없었다. 동료들 모두가 책방을 알고 있었다. 회식 자리에선 책방이 화제가 되기도 했다.

"책방 말이야? 황태자가 그 배후지."

"무슨 얘기야?"

"황태자의 이거였대. 그 여자가."

그러면서 한 친구는 새끼손가락을 펴 들곤 흔들어 보였다.

한순간 회식 테이블이 떠들썩해졌다. 저마다 자기가 알고 있는 책방에 대한 소문들을 한마디씩 떠들어낸 때문이었다.

"아마 둘째 황태자인가 그럴 거야. 얼마 전 이혼한. 책방 주인이 대학 시절 엑스 걸프렌드였다던데."

심지어는 건너편 테이블까지 그 얘기로 소란스러운 것 같았다. 그들은 우리 회사 직원도 아니었다.

"잘 찾아보면 처마나 간판 어딘가에 우리 계열사 마크가 붙어 있을 거야. 일종의 약속 징표 같은 거지. 아니면 사업자 등록증에라도."

누군가가 책방을 낸 것도 황태자의 비서실을 거쳐 낸 것이었다고 전했다.

나는 다음 날 점심시간에 책방에 가 흔적을 찾아보았다. 〈신데렐라 책방〉 바로 아래 정말 엄지손톱만 한 크기로 우리 계열사 마크가 붙어 있었다.

어느 날, 나는 이유도 없이 약간 들뜬 기분으로 책방 문을 열고 들어갔다. 내게 어쩐 일이냐고 물으면 꿈에서 책들이 내게 읽어달라고 졸라댔다고 할 참이었다. 누가 그리 물어주기만 하면 정말로. 책방 입구에서부터 라벤더 향이 가득했다.

책방은 겉보기만큼 작지 않았다. 폭이 좁을 뿐 길이는 상당해서 전장이 십 미터는 넘을 듯했다. 조명은 할로겐등뿐이라 전체적으로 어두운 편이었다. 하지만 책장을 훑는 데엔 그 정도 조도면 충분했고 오히려 집중할 수 있는 차분한 느낌을 갖게 했다.

출입문 쪽에는 계산대를 겸한 나무 책상이 놓여 있고, 그 위엔 해가 떨어지면 켜두곤 하는 손바닥만 한 독서등이 하나 여자의 정수리 높이로 드리워져 있었다. 여자는 책상에 앉아 힐금 나를 한 번 올려다보더니 표정 없이 고개를 까딱했다.

나는 안쪽으로 반보씩 걸음을 옮기며 천천히 책장을 훑었다. 처음은 소설 코너, 그다음이 시와 에세이 코너였다. 인문 교양 코너가 세번째 책장을 차지하고 있었고 역사와 신화에 관한 책들이 네번째 책장에 있었다. 책방 중간쯤에는 의자 둘과 티 테이블이 놓여 있었다. 정사각형의 나무 테이블로, 마주 앉으면 팔꿈치와 코끝이 서로 닿을 것 같은 작은 사이즈의 테이블이었다.

테이블을 지나 더 안쪽으로 들어가면 예술과 대중문화 코너가 나왔다. 나는 그 책장에서 책을 한 권 골랐다. 현대미술을 설명한 책인데 아주 예쁜 표지에, 매우 얇고 그림이 많은 책이었다.

그러다 무언가 빠진 듯한 느낌에 고개를 들었다. 서점하면 늘 떠오르는 어떤 책들, 학습 참고서와 만화책이 보이지 않았다. 책장이 두어 개쯤 남았지만 거기에도 있을 것 같지 않았다. 자기 계발이나 IT서적 같은 실용서도 눈에 띄지 않았다. 잡지도 없었다. 그 흔한 요리책도, 원만한 가정을 꾸려나가기 위한 행복 지침서도 없었다.

철학과 외국 서적 코너를 지나 책방 맨 끝에 자리한 책장에는 『신데렐라』 책들이 꽂혀 있었다. 진열대에서 본 것과 같은 제목의 책들이었다. 사 단짜리 책장에 표지의 재질과 판형만 다를 뿐 제목은 한결같은 『신데렐라』가 꽂혀 있었다.

나는 그렇게 많은 『신데렐라』는 본 적이 없었다. 평범한 표지의 유아용 동화책에서부터, 진열대에 놓인 것과 같은 수제 가죽 표지의 양장본까지. 한 손에 쏙 들어가는 작은 판형에서 신데렐라에 관련된 그림들을 모아놓은 대형 판형의 화집까지. 두께도 얄따란 것에서부터 성경만큼이나 두꺼운 것까지 다양했고, 신데렐라 이야기를 응용한 시와 소설도 단편에서 장편까지 여러 가지가 구비되어 있었다. 원본부터 그것의 갖가지 수정본들, 새카맣게 주석을 단 연구서들까지 하나의 계열을 이루며 구색을 갖춰놓고 있었다. 여러 나라에서 들여온 외국 책들도 책장 아랫단을 차지하고 있었다. 아, 여기가 신데렐라 책방이었지, 하고 나는 처마 밑에 붙은 간판을 떠올리며 중얼거렸다. 신데렐라 책방이니 신데렐라 책이 있는 건 당연하지, 하고.

책방의 맨 안쪽에는 간단하게 차를 끓이고 설거지를 할 수 있는 주방이 설비되어 있었다. 나는 계산을 하기 위해 입구 쪽으로 돌아갔다.

"오늘 첫 손님이시네요."

내가 카드를 내밀자 여자가 말했다.

"실은 어제부터 따져서도 첫 손님이랍니다."

"정말요?"

"둘러보기는 하더군요. 하지만 책을 진짜로 산 건 손님이 처음이에요."

나는 책방 유리문을 열고 나오면서 참고서랑 만화책도 좀 갖다놓으시지, 하고 혼자 중얼거렸다. 그 뒤로 나는 한 주에 한 번은 책방을 찾았다. 금방 읽을 수 있는 얇고 그림 많은 책들만 골라 산 탓이었다.

그렇게 몇 번 책방을 들락거린 끝에 나는 내 어렸을 적의 버릇을 되찾았다. 잠자리에 누워 책을 읽다가는 베갯잇에 더럽게 침을 흘리며 즐거운 꿈나라에 드는 버릇 말이다.

거의 일 년쯤 지나서 웬만큼 책을 사들이고 낯을 익혔을 때, 여자가 책방 중간에 놓인 그 조그만 커피 테이블로 나를 초대했다. 이제껏 한 번도 앉으라고 한 적이 없었다. 드디어 내게도 커피 테이블에 앉을 자격이 생긴 것일까, 하는 생각에 나는 뿌듯했다. 여자는 파스텔 톤의 연미색 원피스에 빨간 가죽으로 된 앞치마를 두르고 있었다. 팔리지 않아 때가 탄 책들을 알코올과 카메라 렌즈 닦는 천으로 손질할 때 하곤 하는 차림이었다.

"저희 부서에도 여기 다니는 친구가 있는 것 같던데요."

나는 책방 끝 주방에서 찻물을 내리고 있는 여자에게 말했다.

"그래요? 단골은 많지 않은데……"

나는 우리 부서의 공주 흉내를 내고 다니는, 재수는 없지만 귀엽기는 한 신입에 대해 이야기했다. 물론 좋은 말만. 그 신입도 신데렐라 책방에 다니고 있었다. 책상에 이 책방의 빨간색 플라스틱 명함이 놓인 것을 봤다.

여자는 찻잔을 놓고 나와 마주 앉았다. 어찌나 테이블이 좁은지 조금씩만 고개를 숙이면 서로 이마를 부딪게 될 것만 같았다. 자연스럽게 상대의 얼굴이 클로즈업 되었다. 이러면 확실히 친밀해지겠구나, 하는 생각이 들었다.

나는 그 커피 테이블에서 재미난 얘기들을 많이 들었다. 여자끼리나 할 법한 얘기도 있었다. 가장 인상적이었던 건 여자가 책방을 열게 된 사연이었다.

"어렸을 때였어요. '코스비 가족'이라는 외국 시트콤 코미디가 있었잖아요. 참 부러웠던 게 주인공 부부가 여는 독서 토론회였어요. 이웃들과 둘러앉아 차를 마시며 정해놓은 책에 대해 토론을 하는 거요. 다들 말을 얼마나 잘하고 또 얼마나 박식하던지. 단어 하나 문장 한 줄을 놓고도 별의별 심도 있는 얘기를 다 하는 거예요. 책 어느 페이지에 나온 수레바퀴라는 단어 하나가 다른 페이지에서는 어떻게 다른 상징성을 띠는가, 또 어떤 단어는 그 책에서 어느 어느 페이지에 몇 번 나오는데 전체적인 구성 안에서 어떤 역할을 하는가, 하고요. 그 학구적이면서도 다정다감한 분위기, 그 점잖고도 열띤 토론 방식, 그 유식한 말발들…… 나는 그게 부러웠어요. 어린 나이였는데도 말이에요. 그게 부러워서 그 후로 중학교 고등학교 대학교 직장까지, 동아리 활동은 모두 독서 동아리에서 했어요. ……결과는 참담했죠. 어떻게 해도 '코스비 가족'에서 봤던 그 토론 맛이 안 나왔던 거예요. 어렸던 건지 무식했던 건지. 아니면 그게 시트콤과 현실의 괴리인지. 나이 먹으면서 그 꿈을 접었다가 여유가 좀 생겨서 책방이나 하자, 하고 여길 차렸죠. 대학 때 학교 앞에 사회과학 서점이 있었는데 거길 벤치마킹한 거예요. 장사요? 유지비만 겨우 나와요. ……알고 있어요. 그런 서점들은 멸종했죠. 여기 모델이 된 서점도 문을 닫은 지 오래고. 하지만 누군가는 해야 될 일 아니에요? 아, 물론 뭐가 더 옳다든가 바람직하다든가 하는 건 아니에요. 꼭 이렇게 차려놓아야 좋은 일을 할 수 있는 건 아니죠. 그리고 이게 얼마나 좋은 일인지도 모르겠고. 그냥 제 취향에 맞춘 거예요. 아시겠어요? 언젠가 단골들이 늘어나면 북 클럽을 만들까도 생각 중이에요."

그 사연을 듣고 난 후로 여자에게 미안한 마음이 들었다. 나는 황태자의 엑스 걸프렌드니 뭐니 하는 얘기들을 머릿속에서 싹 지워버렸다.

지난 이 년간 나는 전에 없이 독서에 열중했다. 도서관 소년이 책방 아저씨가 되어 돌아온 것이었다. 열심히 읽으면 한 달에 서너 권은 읽었다. 두꺼운 인문학 책이면 한 권 읽는 데 한 달이 꼬박 걸렸다. 그리고 그 책들은 전부 〈신데렐라 책방〉에서 사들였다.

그동안 회사 동료들 사이에선 내가 조그맣게 화제가 되고 있는 듯했다. 내가 맹렬 독서인이 됐다는 식으로. 쇼 프로그램에서 다독하는 기업인이나 연예인이 별종처럼 다뤄지듯이. 뭐, 확실하진 않다. 하지만 어쨌든 그런 소문이 도는 것만 같았다.

이따금 신데렐라 책방에서 여직원들과 마주치기도 했다. 책방 밖을 지나가면서 안에 있는 그들을 보기도 했다. 그들은 주로 주인 여자와 마주 서서 이야기를 나누고 있었다. 근처 다른 빌딩에 직장을 갖고 있는 듯한 여자들도 책방에 자주 모습을 나타냈다. 공주 흉내를 내는 우리 부서 신입과도 한 번 마주쳤는데 어찌 된 일인지 그 후로 줄곧 나를 꺼렸다. 나와 눈을 마주치지 않기 위해 보이지 않는 노력을 다 기울이면서, 내가 돌아서면 뒤통수에 대고 심각한 표정을 지어 보이곤 했다. 나는 느낄 수 있었다.

하지만 왜 그러는지 알 수가 없었다. 그녀를 보며 내가 하는 생각이라곤 기껏해야, 얼굴도 예쁜 게 책도 많이 읽는구나 하는 정도였는데 말이다.

책방을 이용하는 여자들의 숫자는 점점 늘어갔다. 이 근처 빌딩숲의 섹시한 오피스 레이디들이 죄다 그 책방의 단골이 된 듯했다. 하지만 그렇다고 책방이 적자를 면할 수 있을까. 오피스 레이디의 수에도 한계란 게 있다. 책이 안 팔린다는 것은 책장을 보면 알 수 있는데 책들의 이동이 거의 없었던 것이다. 특히 몇몇 코너는 지난 이 년 동안 나만 이용하지 않았나 싶을 정도로 변화가 없었다. 그런 책장에서 여자가 할 수 있는 일이란 그저 알코올을 묻힌 천으로 먼지나 닦아내는 일뿐이다.

그나마 빈자리가 종종 생기곤 하는 책장은 신데렐라 책장이었다. 『신데렐라』 책들은 잘 나가는 것 같았다. 그러고 보니 예쁜 여자 손님들은 항상 책방 맨 안쪽 침침한 자리, 신데렐라 책장 근처를 서성이고 있었다.

"신데렐라 책이 제일 잘 팔리는 것 같네요."

내가 말했다.

"저희 책방 특화 상품이죠."

여자는 흐뭇한 표정으로 말했다. 단골이 늘어 그런지 요즘 여자는 표정이 밝았다.

"재투성이 천덕꾸러기가 명품으로 도배한 왕비가 되는 얘기잖아요."

여자는 그렇게 말하곤 소리 죽여 웃었다. 나도 『신데렐라』를 몇 권 사 읽었는데 책마다 서로 이야기가 달랐다.

확실히 놀라운 사실이었다. 그때까지 내가 알고 있던 신데렐라 판본이란 유리 구두 한 켤레로 인생 역전에 성공한 불쌍한 재투성이 아가씨 이야기 하나뿐이었다. 실상은 그 이야기 한 판본만 있는 게 아니었다. 맹세컨대 나는 신데렐라 이야기의 종류가 그렇게 많을 거라곤 전엔 생각조차 해본 적이 없었다. 신데렐라 이야기는 책장에 꽂힌 책의 판형과 두께만큼이나 다양했다. 모두가 서로 달랐다. 가장 오랜 판본은 중국 것으로, 천이백 년 전에 이야기로 형성되어 전해진 판본이었다. 우리나라의 「콩쥐 팥쥐」도 신데렐라의 한 판본이었다. 유럽에서도 서로 이야기가 달랐다. 독일의 어떤 판본에선 유리 구두가 아니라 털을 댄 가죽신이 등장했다. 아랍의 판본도 있었는데 천일야화의 야한 이야기들에 뒤섞여 원형이 많이 변질된 상태였다. 일본의 현대 판본은 그 나라의 많은 것들이 그렇듯 역시나 세미포르노였다.

책방은 무궁무진한 신데렐라 이야기의 세계로 나를 인도했다.

책방에 오는 오피스 레이디들은 대부분 신데렐라 책장을 거쳤다. 어떤 여자는 들어서자마자 주인 여자에게 간단히 인사를 하고 곧장 신데렐라 책장으로 가곤 했다. 그러곤 주저하는 기색도 없이 한 권을 쑥 뽑아선 계산대로 가 값을 치른다. 그런 여자들이 뽑아드는 『신데렐라』엔 특징이 있었다. 비교적 작은 판형에 두께가 얇고, 붉은색 계통 하드커버거나 제목이 성경처럼 금박으로 박힌 가죽 표지의 책들이었다. 워낙 자극적인 디자인이라 멀리서도 알아볼 수 있었다. 그런 여자들의 또 다른 특징은 어떤 판본인지 책을 들춰 내용을 살펴보지 않는다는 것이었다.

이 모두는 지난 이 년 동안 책방을 드나들며 조금씩 깨닫게 된 사실들이다.

어느 날 입사 동기와 바보 같은 대화를 나눴다. 그는 그 책방에서 내가 무엇을 하는 거냐고 물어왔다.

"책을 사지."

"그렇겠지. 그건 알겠고, 그다음엔 무얼 하냐는 거야."

"책을 샀으니 책을 읽어. 하지만 소문처럼 많이 읽지는 못해. 실은 간신히 한 권 한 권 읽어나가는 정도지."

"무슨 소문? 책 따위 묻는 게 아니었어."

"그럼?"

"너도 그 빨간 명함을 갖고 있지?"

신데렐라 책방의 빨간 명함을 말하는 것이었다. 그는 알쏭달쏭한 미소를 짓더니 곧 입을 다물어버렸다. 나는 별 싱거운 놈이 다 있다고 생각했다. 나는 자리로 돌아와 명함철에서 책방 명함을 꺼내 들여다보며 생각에 잠겼다. 내 것은 빨갛긴 해도 종이로 만든 것이었다. 종이로 만든 명함과 플라스틱으로 만든 명함은 쉽게 구별이 된다. 종이는 절단면이란 게 있어서 테두리가 하얗다. 플라스틱에는 그런 티 나는 절단면이 없다. 그즈음

회사에선 여직원들이 복권에 당첨된 것도 아닌데 카드를 팍팍 긁고 다닌다는 소문이 돌고 있었다. 어리고 예쁜 신입들일수록 더 그렇다고 했다.

나는 다음 날, 책방을 드나들던 신입을 불러 둘이서만 점심을 먹었다.

"빨간 명함으로 뭘 하는 거지?"

나는 기습 질문을 했다. 신입은 수저로 밥 한 숟가락을 떠 넣고는 꼼꼼히 씹어 삼켰다. 그러곤 손으로 입을 가리고 평소에 업무 협조를 부탁할 때와 같은 심상한 표정과 목소리로 말했다.

"책을 찾아달라고 주문하죠. 거기 전화번호가 적혀 있잖아요. 인터넷 서점에도 없는 책들이 간혹 있기 때문에, 그런 책들은 서점을 통해 직접 출판사에서 구해야 해요. 그게 빨라요. 인터넷 서점의 품절된 책 위시리스트에 올려놓아보았자 세월아 네월아 시간만 잡아먹는다고요. 특히 『신데렐라』 같은 책이 그렇죠. 책방 언니도 제 명함을 갖고 있어요. 왜요?"

나는 예쁜 것이 책도 읽는 데다 머리까지 좋다고 생각했다.

그 신입은 다음 달에 회사를 그만두었다. 배가 불러오는 것을 누군가 알아차리고 소문을 냈기 때문이다. 회의 도중 부지중에 입덧을 하기도 했다. 어쩌면 임신 때문이 아니라 나쁜 소문이 나는 것을 더는 참을 수 없었던 것일 수도 있었다. 다른 부서에도 전에 그런 직원이 있었다. 그 경우엔 결혼한다고 그만뒀는데 청첩장을 받은 사람이 하나도 없었다. 어떤 직원은 단체 건강검진 때 자기도 모르던 성병이 확인돼 울며불며하다가 그만뒀다. 무단으로 자리를 비우고 며칠씩 결근을 해 권고사직당한 여직원들도 지난 이 년간 여럿 있었다. 모두 나같이 발정 난 수컷들이 좋아할 스타일의 예쁘고 귀엽고 섹시한 직원들이었고 〈신데렐라 책방〉에서 내가 심심찮게 보곤 하던 책방 단골들이었다.

나는 더는 참을 수가 없었다. 신입의 우울한 송별회가 있고 난 다음 주에, 나는 침울한 기분으로 술을 먹었고 취해서 책방으로 갔다. 책방은 평일엔 밤 열 시까지 했다. 그러고 보니 그 점도 이상했다.

"테이블에 앉아도 되겠어요?"

"아, 그래요."

여자는 어쩔 줄 몰라 하다가 나를 테이블에 부축해 앉혔다. 중심을 가누지 못해 하마터면 의자를 쓰러뜨릴 뻔했다. 잠시 숨을 돌리고 나서 나는 호기롭게 지갑에서 책방 명함을 꺼내 테이블 위에 던졌다.

"도대체 이게 뭐죠?"

"뭐긴, 명함이잖아요."

여자의 피곤한 얼굴에 샐쭉한 표정이 잠깐 스치고 지나갔다.

"내 말은 도대체 이걸로 뭘 하느냐는 말입니다!"

나는 여자가 대꾸할 틈도 주지 않고 마구 말을 쏟아냈다. 그간 내가 가졌던 의문들에 대해. 회사에서 트러블을 일으킨 여직원들이 하나같이 〈신데렐라 책방〉 명함을 가지고 있었다는 것이 얘기의 핵심이었다. 그들의 수가 날이 갈수록 늘고 있다는 것도.

"제 얘기는 끝났어요. 이제 대답을 들을 차례입니다. 모르겠어요? 제가 이 책방을 드나들고 그 빨간 명함을 갖고 있다는 사실 하나만으로 저를 두고 입방아를 찧어댄단 말입니다. 내가 남창이라고요, 남창! 책을 많이 읽는 열혈 독서가가 아니라요!"

여자는 표정엔 아무런 변화도 없었다.

"……하지만 아니잖아요? 그렇지요?"

여자의 그 목소리에선 이상하게도 진심이 느껴졌다.

"그저 성실하고 안목 있는 독자일 뿐이죠, 책을 사랑하는."

여자는 내 앞에 찻잔을 놓고 자기도 두 손에 찻잔을 감싸들고는, 내 얼굴을 빤히 바라보며 한참을 미소만 짓고 있었다.

"괜한 오해를 사서 기분이 상하신 모양이네요."

여자는 엉뚱한 피해자가 생길 줄은 몰랐다고 말했다.

"하지만 저는 나름대로 좋은 일을 하고 있다고 자부하고 있어요. 사회 통념으론 떳떳하지 못한 일일 수도 있겠지만…… 신데렐라 게임이라고 들어보셨어요?"

나는 말없이 고개만 저었다.

"능력은 있지만 가난한 오피스 레이디들을 위한 게임이죠. 이해가 어려우시다면 여기서 읽은 신데렐라 이야기들을 참고하셔도 돼요. 별로 다를 게 없으니까. ……게임에 참여하려면 일단 가난해야만 해요. 그걸 입증해야 하는데, 우리는 그걸 재산이나 신용 상태로 구별해내지는 않지요. 우리는 참가자들의 마음을 봐요. 마음이 얼마나 가난한가, 마음이 얼마나 굶주렸는가, 그걸 봐요. 그래서 얼마나 갈망하는가. ……뭐에 굶주렸고 뭐를 갈망하는지는 굳이 말씀드리지 않겠어요. 일단 자격이 확인되면 명함을 받게 되죠. ……착오가 있으신데, 일반 손님께 드리는 명함과 게임 참가자들에게 주는 명함은 다르답니다. 게임 참가자들에겐 개인 정보가 입력된 칩이 포함된 플라스틱제를 주지요. 진짜 금 글자를 박고. 그만한 값어치는 있답니다. ……그러면 동화 속처럼 이제 파티가 있어야겠지요? 황태자들이 파티를 연답니다. 그 멋진 황태자들은 오로지 사랑에 빠지는 것에만 관심이 있지요. 사랑만이 자신의 피곤하고 외롭고 괴로운 삶을 달래줄 수 있다고 믿으니까. 그들에겐 그만큼 중요한 게 없지요. ……사랑에 목마른 황태자들은 파티를 열어 신데렐라를 불러들여요. 맞아요. 파티를 알리는 전갈이 오면 우리가 나서는 거예요. 명함이 힘을 발휘하는 순간이죠. 우리는 적당히 때가 된 신데렐라에게 연락을 하고…… 그러면 신데렐라들은 우리한테 와서 저 책장 보이죠? 신데렐라 책장. 거기서 미리 준비된 『신데렐라』책을 꺼내지요. 그 안에 파티 장소가 표시돼 있어요. 그래요. 파티 초대장이랍니다, 그 책은. 동시에 계산서이기도 하고. 『신데렐라』가 없으면 입장이 불가능하고 에스코트 비용도 정산할 수가 없어요. 규칙이 엄격하지요. ……평소 차림 그대로 갈

수는 없지요. 신데렐라는 원래 재투성이 하녀잖아요. 그래서 신데렐라들의 정신 함양을 위해 여기 책방이 있는 것처럼, 파티복을 입혀주는 곳, 구두를 신겨주는 곳, 메이크업을 해주는 곳, 렌트한 외제차로 태워다 주는 곳들이 따로 있답니다. 그리고 그 담당자들, 저 같은 사람은 신데렐라의 수호 요정이라고 불리지요. 마술을 부리는 수호 요정. ……파티에 참석해선 신데렐라는 밤 열두 시 종이 울리기 이전엔 파티 장소를 빠져나와선 안 돼요. 열두 시 이전엔 절대 안 된다. 그게 규칙이죠. 아무리 울고불고해도 나올 수 없어요. 규칙은 지키라고 있는 거랍니다. 애초부터 상당히 엄격하게 신데렐라를 선별하고 교육시키기 때문에 규칙이 깨지는 일은 드물답니다. ……파티가 끝나고 나서도 황태자와 즐기고 싶다면 맘에 든 황태자의 벗어놓은 옷에 책을 떨어뜨려놓고 오면 되지요. 그러면 추적이 되어 담당 수호 요정에게 연락이 오고, 신데렐라는 멋진 황태자와 재회해 키스를 나누고, 황태자가 변덕만 부리지 않는다면 그 후로도 오랫동안 둘은 잘 놀게 된답니다."

이야기를 마친 여자는 한 시름 놓은 듯이 보였다.

"이 모든 게 아름다운 동화 같은 얘기랍니다. ……따분하지는 않으셨는지요?"

아름답다거나 따분하다기보다는 역겨웠다. 나는 구역질을 참으며 방금 들은 모든 얘기들을 나 나름대로 소화시켜보려고 애를 썼다.

"그럼 당신은 뚜쟁이이군요."

"설마요."

여자는 입을 가리고 웃었다.

"손님이 무슨 생각을 하는지 압니다. 하지만 이 모든 건 그저 아이들을 위한 동화 같은 거랍니다. 왜냐하면 황태자들이나 신데렐라들이나 갈구하는 것은 순수하게 사랑뿐이며, 모든 것은 사랑의 이름으로 이뤄지기 때문이죠. 저 역시 그저 동화 속 순수한 수호 요정일 뿐이랍니다."

나는 궁금했던 마지막 것을 물어보았다.

"남자 신데렐라도 있나요?"

여자는 약간 놀라더니 나를 아래위로 쭉 훑어보았다. 적절한 답변이 잘 떠오르지가 않는지 미간이 구겨졌다.

"그건 홍길동 게임이라고 하는데…… 아무래도 손님 몸매로는. 배도 나오고 나이도 그렇고. 하지만 단골이시니 어쩐다지요?"

나는 슬픔으로 가득 찬 눈으로 여자를 바라보며 중얼거렸다.

"그 아름다운 신데렐라 이야기가 겨우 이렇게 활용되는군. 난 정말로 신데렐라 얘기를 좋아했는데. 그 멋진 책들도."

여자는 소리 높여 웃었다.

"글쎄, 답답하시네. 그 얘기는 판본이 무한하다니까요. 지금 이 순간에도 세계 어디에선가는 또 다른 판본이 씌어지고 있을 거예요. 그건 해가 지지 않는 이야기라고요. 손님, 우린 그냥 우리 식의 판본을 썼을 뿐이에요. 우리 판본이 혐오스럽다면 읽지 않으면 되고요. 요즘이 어떤 세상인데 읽어라 마라 강요를 하겠어요. 우리 식의 판본이 읽기 싫으면 책장에 다시 꽂아놓으세요. 손님, 그럼 돼요."

〈신데렐라 책방〉의 영업은 계속됐다. 경찰에 신고할까, 언론에 알릴까, 여러모로 따져보았지만 절차가 어떻게 되는지도 모르겠고 증거도 없고 해서, 결론은 그냥 조용히 살자가 되었다. 여자가 잘 보았다. 난 그저 성실하고 안목 있는 독자일 뿐이며 그 이상의 무엇을 할 그릇이 못 되었다. 나는 그저 책 좀 읽을 수 있게 세상이 조용해졌으면 하고 바라는, 책을 사랑하는 독서가일 뿐이다.

여자에 의하면 그 뚜쟁이 영업은 신데렐라 이야기의 현실 판본이었다. 내용 자체는 색정적인 게 일본의 현대 판본을 닮았다고도 볼 수 있다. 우리나라도 드디어 일본이 갔던 길을 따라가는 것일까. 하지만 긍정적인 면을 보자. 여자는 그 비밀스런 영업이, 황태자들이 회사를 유지하고 키워나가는 데 힘이 되어준다고 했다. 황태자들은 파티에서 새로 충전한 사랑의 힘으로 회사를 굳건히 지켜내고 있는 것이다. 세계 경제의 이 살벌한 무한 경쟁 속에서. 그러니까 책방 여자 같은 수호 요정들이 하는 일은, 재원이 고갈되어 파티가 중단되지 않도록 주의 깊게 관리해 체계를 지속가능한 것으로 만들어나가는 일인 것이다.

일천구백팔십 년대식
바리케이드

그 하천변 산책로는 어쩐지 내 어릴 적 장난감 바구니를 닮은 구석이 있었다.

홍제동 집 작은 방에 있던 그 장난감 바구니는 뒤지기만 하면 못 보던 장난감이 꼭 하나씩은 떨어지곤 했다. 장난감 바구니는 거의 내 키만 했고 싫증이 나지 않을 만큼 수시로 새 장난감들로 채워지곤 했다. 어쩌면 내가 워낙 어려 지난주에 갖고 놀던 장난감을 기억 못 해 이번 주에 그걸 새 장난감이라고 여겼던 것일 수도 있다. 아무튼 개중에서 내가 제일 좋아했던 것은 외국에서 가져온 듯한 느낌의 입체 동화책이었다. 펼치면 성의 성벽 타워와 창을 든 중세의 기사가 발딱발딱 일어서곤 했다. 덮으면 사라지고 펼치면 나타나는 그 신기한 서양 중세의 세계 앞에서 어린 나는 늘 질릴 줄을 몰랐다.

그 하천변 산책로는, 그림책처럼 덮었다 펼쳤다 할 수는 없지만 무언가 못 보던 것들이 나타나곤 했다는 점에서 내 흥미를 끌었다. 산책로는 안양천 본류로 흘러드는 작은 하천을 따라 조성되어 있었다. 산책로를 따라 한 시간 정도 걸으면 자연스레 안양천 본류에 가 닿았고 또 거기서 반나절 더 걸으면 안양천과 한강이 합류하는 지점에서 한강을 가로지르는 거대한 철교를 만날 수 있었다.

하지만 그렇게 멀리까지 나아가는 날은 드물었다. 나는 주로 안양천의 지류에만 머물렀다. 이것저것 가벼운 생각들에 잠겨 방심한 눈길로 주변을 두리번거리며 느린 걸음으로 걷기만 하는 것이다. 그러다 보면 무심코 시야에 들어오는 것들이 있었다. 동화책 속의 성벽 타워와 기사들처럼, 무언가 생경한 것들이.

처음은 버스 정류장 표지판이었다.

내가 발길을 가로막은 그것 아래 멈춰 섰을 때, 그것은 구멍이 숭숭 뚫린 녹슨 얼굴로 나를 물끄러미 내려다보고 있었다. 나는 그것의 네모난 얼굴이 지난번 산책 때에도 그 자리에 있었는지 생각했다. 불분명한 기억들이 머릿속을 오갔다. 지금까지 이 부근에서 내 발길을 가로막은 것은 없었다. 그렇다고 내가 항상 정해진 위치를 정확히 지키며 걷는 것은 아니었으므로 아니라고 확신할 수도 없었다. 나는 산책로의 여기저기를 내키는 대로 걷고 있었다. 때로는 자그마한 보행자용 다리를 건너 건너편 산책로를 걷기도 했다.

처음 보는 것이긴 했지만 그 버스 정류장 표지판은 틀림없이 요즘의 것이 아니었다. 허리는 십오 도쯤 꺾여 기울어져 있었고 들풀 몇 포기가 그 밑동을 덮고 있었다. 표지판의 주요 기능이라고 할 정류장 명칭과 노선버스 번호를 적어놓은 페인트들은 거의 다 흐릿해지고 벗겨져 알아보기 힘들게 되어 있었다. 그나마 두어 개 34번 광명, 215번 부곡, 300번 병점 같은 노선 표지는 읽을 수 있었지만, 누가 이런 곳에서 그 번호의 버스를 기다리고 있겠는가. 내가 아는 진짜 정류장은 저 위 주택가를 지나 한 블록은 더 가야 있었다.

　여름 장마가 끝날 무렵엔 나무 전봇대가 나타났다.

　유량이 줄어들자 전봇대는 하천 복판에서 누군가 이쪽으로 잘못 던진 투창처럼 갑작스레 모습을 드러냈다. 통나무를 불에 그슬리고 기름에 담가 벌레가 먹지 않게 한 목주였다. 목주의 반 정도는 비스듬히 모래에 박혀 있었고 나머지 부분은 기름기로 반들거리며 물살에 저항하고 있었다. 굵고 검은 전선 몇 가닥이 물 흐르는 방향으로 기다랗게 늘어져 있었다. 거칠게 끊긴 전선 끝에선 구리 도체가 아직도 녹슬지 않고 반짝였다. 근방 어디에서 태풍에 뽑히고 물살에 쓸려 떠내려온 것일 수 있었다. 어렸을 땐 동네 이불솜 타는 집 지붕에 올라간 전봇대도 본 적이 있었다. 하지만 목주는 팔십 년대에 콘크리트주나 철주로 교체되지 않았나. 근처에는 재개발되지 않은 주택가가 넓게 자리 잡고 있었다. 그런 곳에는 뽑히고 쓰러질 지난 시대의 상징인 목주가 아직 남아 있을 터였다.

나무 전봇대 다음으로 내 시선을 잡아끈 것은 경찰병력 수송용 대형버스였다.

많은 하천 둔치가 그렇듯 이 산책로도 반쯤은 주차장으로 활용되고 있었다. 레미콘 같은 대형 운송 차량이며 구형 그랜저 같은 승용차며 플래카드를 단 관광버스가 산책로 주변을 항상 오갔다. 그런 낯익은 차량들 사이에서 경찰 버스가 모습을 드러냈다.

차 창문마다 쇠 그물을 쳐놓은 모양 덕에 한 번 보면 쉽게 잊지 못하는 경찰 버스였다. 버스는 구형 코란도와 볼보 트럭 사이에 주차장 두 칸을 차지하고 있었다. 운전석 쪽 출입 도어는 뜯겨 부러진 팔처럼 바깥으로 축 늘어져 있었다. 유리창도 모두 깨져 있었다. 핸들엔 때에 전 국방색 러닝셔츠가 걸쳐져 있었다. 운전석 시트엔 비둘기 똥이 그득했다. 타이어 두 개는 예리한 무언가로 깊숙하게 베여 있었고 다른 두 개에는 화염에 녹아내리다 만 자국이 있었다. 차창을 가리고 있던 쇠 그물 몇 개도 힘주어 쥐어뜯으려 했던 것처럼 곳곳이 휘고 뽑혀져 있었다. 그을음들이 차체 상층부와 하층부를 덮고 있었다. 그을음들은 지붕에서 흘러내리고 바닥에서 타오르다. 아이보리색 차체 중간쯤에서 가는 빗줄기들이 남긴 흔적처럼 서로 만나고 있었다.

버려진 경찰 버스라니. 소속 경찰서 마크도 남아 있었다. 번호판도 좀 타긴 했지만 멀쩡히 붙어 있었다. 나는 경찰 버스가 반쯤 타다 만 모습으로 산책로라는 공공장소에 모습을 드러낸 이유를 알 수가 없었다. 경찰 버스가 처음 나타난 날은, 여름의 끝물이긴 했지만 여전히 대기가 뜨겁고 축축했다. 내가 아직 담배를 못 끊고 있을 때였다. 나는 기분이 상해서 담배를 빼물고 불을 붙였다. 그래도 기분전환은 되지 않았다. 자리를 뜰 때까지 기분은 계속 나빠졌다.

가을이 왔어도 정류장 표지판과 전봇대와 경찰 버스는 그대로 자리를 지키고 있었다.

나는 그것들을 근처 주민과 다른 산책자 들이 진지하게 받아들이고 있는지 궁금했다. 그것들은 주목을 끌 만한 것들이고 따라서 교통지도과나 청소행정과에 신고를 해야만 하는 것들이었다. 하지만 한 달이 지나도록 경찰 버스에는 구청에서 왔다 간 흔적이 보이지 않았다.

나 역시 아무런 행동도 취하지 않았다. 왜냐하면 그것들이 흉물스럽기는 해도 산책 자체를 망칠 만한 정도는 아니었고, 어느 정도는 흥미로운 구석들마저 갖고 있기 때문이었다. 나는 그것들이 무언가 할 말이 있어 거기 나타났다고 생각했다. 그것들이 내게 무언가 할 말을 품고 있다고 생각했다. 내게, 아니면 다른 산책자들에게, 그도 아니면 이 세상에. 아직 때가 되지 않았거나 내 귀가 아직 완전히 틔지 않아 그 말을 못 듣고 있는 거라고 생각했다. 여름을 지나 가을이 되는 동안, 그것들은 어느새 산책로에 붙박이 풍경처럼 자리 잡게 되었다.

가을이 왔을 때 그 풍경에 노숙자 살림이 하나 더 추가되었다.

전에도 노숙자 살림은 있었다. 하지만 그것은 단순한 것이었고 여름철에만 나타나는 것이었다. 살림이라고 할 만한 것도 없었다. 시멘트 바닥에 모포나 스티로폼 깔개를 깔고 간단한 조리 기구를 갖다 놓은 게 다였다. 프라이팬, 냄비, 버너 그리고 고추장이나 소주 따위. 이불도 있었는데 낮 동안은 깔끔하게 개켜 스티로폼 위에 놓아두고 있었다.

가끔 그 살림의 주인들을 보게 되는 날도 있었다. 보통은 삼삼오오 모여 식사 준비를 하고 있었다. 한 명이 교각 뒤에서 토치로 죽은 개의 털을 그슬리고 있으면 다른 한 명은 쌈장을 만들거나 밥을 짓고 있고 나머지는 물가에서 나물거리를 뜯고 있었다.

이번에 새로 나타난 살림은 진일보한 모습이었다. 최소한 그 살림엔 벽과 지붕이 붙어 있었다. 시멘트 블록을 쌓아 삼 면의 벽을 만들었고 석면 슬레이트 몇 장을 엮어 비를 가릴 지붕을 올리고 있었다. 문은 달려 있지 않았다. 높이는 겨우 내 빗장뼈에 닿을 정도로 낮았다.

내게 흥미로웠던 것은 그것들이 전혀 최근의 것이 아니어서였다. 그 벽과 지붕이, 지금 여기가 아닌 다른 시간대 다른 장소에 속했던 것을 떼어 고스란히 현재의 산책로로 옮겨 온 것처럼 보였기 때문이었다. 삭아 부석거리는 시멘트 블록과 석면 슬레이트의 상태만을 두고 말하는 것은 아니다. 벽과 지붕의 원색의 페인트로 갈겨놓은 낙서에 팔십 년대식 운동권 구호가 등장하고 있었기 때문이었다. 아직도 알아볼 수 있을 만큼 선명한 그 낙서에는 이미 이십 년도 더 전에 권좌에서 물러난 어느 대통령의 이름이 등장하고 있었다. 그 대통령의 형제와 동료 들의 이름도 등장하고 있었다. 나는 그런 이름들이 붉은 페인트로 씌어진 벽과 지붕이 세상 어딘가에 아직도 남아 있을 수 있다는 사실에 놀랐다.

안에 든 살림살이는 다른 노숙자들의 그것과 다르지 않았다. 다만 벽이나 지붕과 마찬가지로, 기나긴 세월에 침식되었다는 느낌을 강하게 주는 것들이었다. 며칠 동안 그 살림의 주인을 보기 위해 산책 시간을 달리해 그 앞을 오갔던 적이 있었다. 휴일 아침에, 점심에, 혹은 평일 저녁에 그 앞을 지나다녔다. 올 때마다 살림의 놓인 자리가 달라지는 걸 보니 누군가 살고 있기는 한 것 같았다. 하지만 나는 아무도 보지 못했다.

나는 이 이야기를 회사의 동료들에게 들려줬다. 귀를 기울이는 이는 얼마 되지 않았다. 한 동료는 승진을 앞두고 있었다. 그래서 벌써부터 뒤처진 동료들의 사소한 일상엔 그리 흥미를 보이지 않았다. 한 동료는 막 이혼을 한 참이었다. 그는 직접 가정법원까지 다녀오고서도 자신이 이혼했다는 사실을 인정하려들지 않았다. 그의 관심사는 온통 이혼한 부인의 애정행각에 쏠려 있었다. 한 동료는 열심히 들어주었다. 그는 평소에도 자신의 계급적 편견을 남김없이 드러내는 친구였다. 노숙자들은 쫓아내지그래, 하고 그는 말했다. 한 동료는 경찰병력 수송용 대형버스에 관심을 보였다. 그는 흔히 닭장차라고 불리는 그 수송 차량에 트라우마를 지닌 것 같았다. 식은땀을 흘리더니 그날은 종일미간을 찌푸리고 다녔다.

"산책은 즐거워야 해."

나는 말했다, 가을이 깊어지는 시기의 하천은 아름답다고.

"하지만 긴장을 풀어선 안 되지, 어떤 경우라도 말이야."

나는 산책로에서 있었던 폭행 사건을 들려주었다. 그 얘기엔모두들 귀를 기울였다. 차를 주차시키던 중년 여성이 불량배들에게 걸려들었다. 불량배들은 한 교각에서 다른 교각으로 피해자를 이리저리 끌고 다니며 성폭행했다. 그러다 돌을 집어 들고앞니를 몽땅 부러뜨린 다음에 입에다 몹쓸 짓을 했다. 그놈들은피해자를 산 것도 죽은 것도 아닌 상태로 그 자리에 버려두고자리를 떴다.

그렇게 세세하게까지는 언론에 보도되진 않았지만 이발소 주인이 전해준 소문에는 그랬다. 그리고 그 폭행이 있던 시각 바로 다섯 시간 전에, 내가 그 가까운 데에서 저녁 산책을 하고있었다.

가을은 빨리 깊어지고 빨리 물러난다. 가을에는, 벽과 지붕에 지난 시대의 구호가 씌어진 노숙자 살림에 이어 몇몇 것들이더 나타났다.

가을이 깊어지면 하천은 더욱 오그라들어 드러난 모래 바닥만 밟고도 하천을 건널 수 있게 된다. 하지만 나도 그렇고 다른 이들도 그렇고 멀쩡한 보행자용 다리를 놔두고 일부러 모래 바닥을 걸어 하천을 건너지는 않는다. 아이들조차 그러지 않는다. 무언가 옳을 수도 있기 때문이다. 하천의 위생 상태를 신뢰할 수 없기 때문이다. 우리는 하천의 아름다움은 신뢰하면서도, 그 아름다움의 위생은 신뢰하지 않는다. 하천에 발을 담그는 것은 비둘기와 쓰레기들뿐이다.

산책로에 족구장이 등장한 것은 가을이 한껏 깊어졌을 때였다.

어제까지만 해도 그 자리엔 흙먼지를 뒤집어쓴 스포츠카와 화물트럭 같은 것이 주차되어 있었다. 족구장은 주차장에서 네 칸이나 차지하고 있었다. 중간에 알루미늄 심이 삼 미터 간격으로 두 개 꽂혀 있었고 그 사이에 네트가 늘어져 있었다. 공은 없었다. 있었다면 누군가 하천으로 일찌감치 차버렸을 것이다. 그 전날에는 없던 족구장이었다. 나는 그 족구장을 보자마자 무언가 특별한 것이 있음을 느꼈다. 경찰 버스와 노숙자 살림이 등장했을 때처럼 나는 느낄 수 있었다. 그것들에겐 무언가 할 말이 있는 것이다.

그래서 나는 귀를 기울였다. 정확히 말해서 눈을 크게 떴다. 나는 세세하게 살폈고 내가 살핀 것들의 의미를 곰곰이 짚어보았다. 흔히 아는 것만큼 보인다고 한다. 나는 세상을 깊이 있게 헤아릴 만큼 무엇을 많이 아는 것은 아니었지만 나름대로 성실하기는 하다. 그렇다, 나는 언제나 주의 깊고 성실한 산책자였다.

족구장의 네트는 새로 사서 달아맨 것이 아니었다. 네트의 고무는 삭아서 갈라지고 보풀이 일어 있어서 만지면 가루를 떨어냈다. 고무줄이 탄력을 얼마나 잃었는지 네트는 바닥까지 축 늘어져 있었다. 네트를 붙들어 맨 알루미늄 심은 몇 년이나 습기에 시달린 듯 새카만 반점들로 흉하게 덮여 있었다. 족구장 코트 라인을 표시하는 페인트칠 역시 지난밤에 그려진 것이 아니었다. 그것은 지난밤이 아니라 아마도 일 년 전에, 어쩌면 오 년이나 십 년 전에 그려진 것만 같았다. 페인트는 경화되어 조각이 나 있었고 이미 바닥으로부터 흐릿하게 사라져가는 중이었다. 어떻게 그럴 수 있단 말인가. 어제만 해도 족구장은 거기 없었다. 그것은 어제 이후로 새로 나타난 것이다. 하지만 눈에 띄는 세부는 그에 대해 모순된 진술을 하고 있다. 족구장 코트 라인은 어젯밤 누군가 브러시로 새로 그린 것이 아니며 반대로, 오래전에 그려져 있던 것을 세월이라는 보이지 않는 브러시가 느릿느릿 지워가고 있는 중이라고.

다음으로는 폐유 얼룩과 웅덩이 들이 나타났다.

그때 그곳 하천변 산책로에는 자동차 도로와 마찬가지로 아스팔트가 깔려 있었다. 지금 같은 탄성 좋은 우레탄 칩 포장재가 아니었다. 어느 날 그 어두운 남색의 아스팔트 바닥에서 폐유 얼룩과 웅덩이들이 배어 나왔다. 십여 킬로미터에 달하는 산책로 전역에서 여기저기 솟아 나왔다. 그것들은 흥미롭지만 즐겁지는 않았다. 얼룩과 웅덩이 들은 마치 분명한 의지를 갖고 그런 것처럼 부지불식간에 내 운동화를 시커멓게 적시고 더럽혔다.

근처에는 폐유를 버리거나 흘려보낼 만한 공장이나 주유소가 없었다. 정비소를 겸한 세차장이 있긴 했지만 간선도로 저 너머에 있었다. 하천 건너편에서 지하철 공사가 진행 중이긴 했지만 송유관을 터뜨린 것이 아닌 한 거기서 흘러나왔다고 보기도 어려웠다. 그리고 안양 한복판에 송유관이 지나간다고 생각하기도 어려웠다. 설사 있어서 그것이 땅 밑에서 터졌다고 하더라도 새어 나온 기름이 그렇게 넓은 지역에 퍼져서 솟아날 리는 없었다.

그러던 중에 들것이 나타났다.

들것은 이 미터 길이의 파이프 두 개에 쥐색 범포 한 장을 이어 붙인 단순한 것이었다. 손잡이로 쓰이는 파이프 양 끝에는 의료용 테이프가 감겨 있었다. 가을의 막바지였다. 낯볕이 하천의 흐름을 따라 조용히 소멸되어가던 휴일 저물녘이었다. 들것은 마치 벼르고 있었다는 듯 내 발끝에 와 부딪혔다. 실은 내가 부주의하게 발이 걸려 휘청거린 것이었지만 워낙 갑작스럽고 뜻밖인 물건이었는지라 순간 그렇게 느꼈다. 처음엔 누가 버리고 간 것이라고 생각했다.

들것에는 사람이 누웠던 흔적이 선명하게 남아 있었다. 머리와 양 팔꿈치 자리에 검게 말라붙은 어떤 자국이 있었다. 덩어리진 머리카락 자국도 머릿결 하나하나까지 세밀하게 찍혀 있었다. 범포 끝자락에는 발뒤꿈치 형상이 두 개 동그랗게 검붉은 점으로 남아 있었다. 거기 누웠던 사람은 키가 작았다. 머리 자국에서 발뒤꿈치 자국까지 길이가 채 백오십 센티미터가 되지 않았다. 손잡이에는 비교적 선명한 붉은색으로 핏덩이가 말라 붙어 있었다. 나는 이탈리아 토리노 지방의 한 성당에 있다는 예수를 감쌌던 수의를 떠올렸다. 예수의 수의에도 그런 비슷한 자국이 있는 것을 신문에서 본 기억이 있었다.

들것은 미동도 않고 그 자리에 그대로 남아 있었다. 산책로 한복판이라 누군가 집어다 치울 수도 있었는데 그러지 않았다. 나도 그러지 않았다. 나는 지난여름과 가을에 좀처럼 믿기지 않는 것들을 줄곧 보아왔기에 들것도 그 한 종류이겠거니 하고 일부러 건드리지 않았다. 어쩐지 재수 없는 물건인 것도 같았다. 그런 생각을 다른 산책자들도 했는지는 알 수 없다. 어쨌거나 그것은 처음 놓인 자리에서 꼼짝도 않고 있었다. 들것이 말하려는 게 무엇인지는 알 수 없었다. 만일 말하려는 게 있다면, 그것은 좀 끔찍한 것이 아니겠는가 하는 생각이 슬쩍 들 뿐이었다.

그러다 겨울 초입이 되었을 때, 나는 더 이상 이 산책로가 내가 처음 걷기 시작했을 무렵의 그 산책로가 아니게 되었음을 알게 되었다. 처음과는 많은 것이 달라져 있었다. 만약 이름이 있었다면 더 이상 같은 이름으로는 부를 수도 없을 것 같았다. 다른 이름을 찾아야만 할 것 같았다. 하천을 끼고 걷는 사색적인 산보의 즐거움은 이제 사라지고 없었다. 녹슨 표지판과 나무 전봇대와 경력수송용 대형버스와 노숙자 살림과 족구장과 폐유 웅덩이와 피 묻은 들것, 그것들이 전반적으로 산책로를 다른 풍경으로 만들고 있었다.

그 모든 것들은 원래 그곳에 없던 것들이었다. 아니, 있으면 안 되는 것들이었다. 있더라도 그렇게 계절을 넘겨가면서까지 오래 있으면 안 되는 것들이었다. 나는 걸으면 걸을수록 기분이 나빠져서 유턴 지점쯤에선 이따금 아예 울고 싶은 기분이 들기도 했다.

그럼에도 나는 여전히 그 산책로를 걷고 있었다. 모든 꺼림칙함에도 불구하고 그곳엔 아름다운 하천이 있었다. 겨울이 되자, 내가 지난 십수 년간 한 번도 제대로 들어보지 못한 얼음장 깨지는 소리도 접할 수 있게 되었다. 나는 그날 백 퍼센트 순수한 경이로운 소리를 들었다. 그날이 그 산책로에서의 내 모든 날들의 하이라이트였다.

나는 유턴 지점을 지나 돌아오는 중이었다. 바람이 한층 세지고 있었다. 그래도 내 걸음은 처음 출발 때와 같았다. 산책에선 보조를 한결같이 유지하는 것이 중요하다. 산책로는 한 달째 변화가 없었다. 새로운 것은 더 이상 나타나지 않았다. 그만하면 다 나타났다는 얘긴가, 하고 나는 생각했다. 하지만 제거된 것도 없었다. 폐유 얼룩은 여전히 내 운동화를 더럽혔고 경찰 버스도 들것도 여전히 흉물스럽게 산책로 복판을 차지하고 있었다.

다시 경이로운 소리가 들렸다. 겨울 내내 얼었다 녹았다 하며 하천은 저런 소리를 낼 것이었다. 그러다 곧, 얼음장 깨지는 소리에 무언가 다른 소리가 섞여 들리기 시작했다. 처음엔 불분명했다. 시야에도 아무것도 나타나지 않았다. 하천 건너 철교의 화물 열차가 달리는 소리는 아니었다. 열차의 질주 소리는 너무 큰 데다, 낯이 익을 대로 익어서 내게 아무 감흥도 일으키지 못한다.

그것은 거친 바람이 내 귓불을 때리고 지나갈 때 나는 소리와 같았다. 많은 사람이 한데 모여 웅성거리는 소리 같기도 했다. 멀리서 들리는 함성 같기도 했다. 그러다 시야에도 무언가 들어왔다. 걸음을 옮길수록 저 앞에서, 흐릿하게 드러나는 게 있었다. 삼백 걸음쯤 앞쪽이었다. 그것은 하천을 가로질러 걸쳐 있었다. 꽤 길어 보였다. 보행자용 다리 같아 보이기도 했다. 이곳에서 하천의 양편을 그렇게 가로지를 수 있는 구조물은 보행자용 다리밖엔 없었다.

하지만 다리가 아니었다. 다리는 그처럼 모호한 윤곽을 갖고 있지 않다. 다리의 윤곽은 항상 매끈했다. 좀더 다가가자 소리도 더 크게 다가왔다. 함성 같다는 느낌이 점점 분명해졌다. 그것은 바람처럼 거세게 불어오고 있었다.

백 걸음쯤 다가갔을 때도 구조물의 윤곽은 여전히 불분명했다. 그래도 처음보다는 뚜렷했다. 그것은 다리는 아니었다. 아무렇게나 무분별하게 쌓아놓은 나무판자, 철제 책상, 걸상, 콘크리트에 박는 철근, 보도블록 들이 흐릿하게 눈에 들어왔다. 기름때 전 커다란 기계기구도 몇 있었고 녹색의 승용차도 보였다. 승용차는 불에 그을려 있었다. 간판, 쓰레기통, 포장박스 들이 쌓여 있었고 지게차도 몇 대나 놓여 있었다. 그런 것들이 하천을 가로질러 양편 산책로를 가로막으며 쌓여 있었다.

바리케이드였다. 함성은 그 너머에서 들려오고 있었다.

나는 저것이 대체 무엇인가, 왜 여기 나타났는가 하고 물을 겨를이 없었다. 저것이 바리케이드인가 아닌가 하고 따질 겨를도 없었다. 저것이 신기루인가 내가 미쳤는가 하고 돌아볼 여유도 없었다.

그때 그 순간, 나는 완전히 다른 곳을 걷고 있다는 느낌에 사로잡혔다. 나는 완전히 다른 곳에 와 있었다. 하천은 흐르고 있었지만 낯익은 것은 그저 하천뿐이었다. 산책로도 재개발을 앞둔 주택가도 신축 아파트촌도 어디론가 날아가고 없었다. 배경에 낯이 익은 것은 하나도 없었다.

그 대신 나는 공장 지대를 걷고 있었다.

공장 굴뚝들이 새카맣게 스카이라인을 갉아먹고 있었다. 겨울의 낮볕은 굴뚝들의 비좁은 사이를 창백하게 빛내며 내 주변에 황량한 빛을 더하고 있었다. 둥글고 각진 지붕을 가진 건물들이 시야 끝까지 늘어서 있고, 폐유 얼룩과 웅덩이투성이의 도로들이 여러 갈래로 갈라져 내 발 아래서 흩어지고 있었다. 아차 하는 순간 운동화가 폐유에 젖었다. 지나다니는 다른 보행자는 없었다. 모두들 갑자기 모습을 감춰버린 것 같았다.

함성은 바리케이드 너머에서 들려오고 있었다. 보이지는 않았지만 그리고 정확히 알아들을 수는 없었지만, 그건 사람 소리였고 또 함성이었다.

그 함성과 바리케이드는, 지난여름부터 내가 산책을 하며 발견한 그 모든 것들의 합산 같았고 정점 같았고 하이라이트 같았다. 그 모든 것들을 한데 쌓아놓은 결과물 같았다.

경찰 버스는 과거로부터 불려 온 듯한 불길에 의해 다시 한 번 불타오르고 있었다. 나무 전봇대도 다시 한 번 쓰러지고 있었다. 들것은 다시 한 번 누군가를 싣고 달려가고 있었다. 족구장에서는 피 묻은 공이 굴러다녔고 노숙자 살림에선 누군가 그늘에 누워 응급 의료반이 오길 기다리고 있었다. 버스 표지판을 향해 최루탄 유탄이 날아들고 있었고 바닥에는 방화를 위한 기름이 다시 한 번 들통째 부어지고 있었다.

하천변 산책로에 그보다 더 놀라운 것이 나타날 수 있으리라곤 지금도 상상키 어렵다. 그건 불가능한 일이었다. 공장 지대는 산책로의 배경 전체를 언제 그랬냐는 듯 불현듯 지워버리고 나타났던 거니까.

나는 다시 걷기 시작했다. 속이 울렁거렸다. 그리고 어떤 두려움이 엄습했다. 경찰 버스와 족구장이 그랬듯이, 공장 지대 역시 이곳에 영원히 눌러앉게 되리라는 두려움이었다. 공장 굴뚝 그림자들이 얼어붙은 하천에 수십 개 사선을 그어놓고 있었다.

그럼에도 나는 계속 걷고 있었다. 걷는 속도도 달라지지 않았다. 그리고 공장 지대에서 벗어나기 시작했다. 얼마나 걸었을까, 어디쯤에선가 공장 지대가 차츰 지워지고 다시 산책로의 원래 배경이 돌아오기 시작했다. 하천에 드리웠던 굴뚝 그림자들도 휘발되듯 하나씩 사라져갔다. 공장 지대는 얼마나 지속되었었나. 내가 열 걸음 걷는 동안? 내가 스무 걸음 걷는 동안? 아니면 백 걸음 걷는 동안?

하지만 바리케이드는 여전히 저 멀리에서 함성을 뱉어내고 있었다. 그것은 사라지지 않았다. 한겨울 낮볕이 바리케이드 위에서 하얗게 부서지고 있었다. 윤곽은 여전히 불분명했고 아무리 다가가도 뚜렷해지지 않았다. 그래도 그것은 여전히 자리를 지키고 있었다. 공장 지대가 사라져도 저것만큼은 남아 있겠다는 말인가. 그래야만 할 중요한 무엇이 있다는 말인가. 그렇다면 그것은 무엇인가. 함성은 무엇을 저리도 집요하게 주장하고 있는가. 바리케이드는 내가 다가가는 만큼 뒤로 물러서고 있었다. 틀림없이 그랬다. 내가 다가가는 만큼 그것도 머뭇거리며, 하지만 결코 완전히 사라지지는 않겠다는 듯이 단호하게 사방으로 빛을 뿌리며 조금씩 물러나고 있었다.

그리고 내가 산책로의 시작 지점에 거의 도달했을 때, 하천 지류의 시작 부분이 커다란 도수관 속으로 사라지는 지점에 이르렀을 때, 그래서 그 너머로 더 이상 길도 빈 공간도 남아 있지 않게 되었을 때, 더는 물러설 곳이 없어졌을 때, 바리케이드는 비로소 내 시야 저 끝에서 이젠 어쩔 수가 없다는 듯이 소실되었다.

그리고 그때, 그 부근이 구십 년대 초반까지만 해도 수도권의 이름난 공장 지대였다는 사실이 문득 기억났다. 언젠가 지역 도서관에서 안양의 역사에 대한 기록 사진들을 전시했을 때 그 공장 지대를 담은 사진들을 보기도 했다. 그러다 구십 년대 들어 신도시가 들어섰고 보다시피 도시 전체의 스카이라인과 함께 풍경의 많은 것들이 달라졌다.

나는 다른 산책로를 찾아냈다. 하천변 산책로엔 좀처럼 가지 않았다. 나는 이 지역 최대의 재래시장이 끼어 있는 새로운 산책로를 찾아냈다. 시끌벅적하고 정신없지만 산책과 함께 장도 볼 수 있어서 나쁘기만 한 곳은 아니었다.

함성이 구체적으로 무엇을 주장하고 있었는지는 알 수 없었다. 가까이 가 귀 기울인다 해도 더 잘 알 수는 없었을 것이다. 내용이 아니라, 함성의 존재 자체가 메시지였을 수도 있다. 그렇다, 그것이 맞는 해석일 것이다. 지금으로부터 한 세기도 더 전에, 프리드리히 엥겔스라는 사람은 바리케이드란 물질적이라기보다 정신적으로 작용하는 것이라고 썼다. 바리케이드는 그때 이미 시가전에서 무용지물이 되어가고 있었다. 진압군은 봉기한 인민들의 바리케이드를 우회했고, 멀리서 장총을 쏘아댔고, 수류탄과 다이너마이트를 던졌다.

그해 겨울 바리케이드 너머의 함성은 그 모호함과 집요함과는 상관없이, 어쩐지 천부적인 슬픔을 품고 있는 듯했다. 노기를 띤 함성은 산책로를 떠나자마자 금세 귓가에서 사라졌지만 슬픔만은 남아서 마치 나의 것이 된 양 오래도록 잊히지 않았다.

바리케이드는 이제 인터넷에서도 볼 수 있다. 내가 이따금 열어보는 사이트들 중 몇몇은 분명 바리케이드를 닮은 구석이 있다. 지난 시대의 다른 많은 것들과 마찬가지로 바리케이드 역시 인터넷으로 자리를 옮기고 있는 것이다. 그편이 나을 수도 있다. 비용과 노력을 상당히 줄일 수 있을 테니까. 소송이 걸리고 재판을 받고 폐쇄 명령이 떨어질 수도 있겠지만, 어쨌든 누가 모니터에 뜬 웹페이지를 향해 다이너마이트를 던지겠는가.

재채기

어찌 된 일인지 그 집 앞을 지날 때면 재채기가 나곤 했다. 그렇다는 걸 깨닫기까지 여러 주가 걸렸지만 틀림없이 열에 일곱 번은 재채기가 났다. 그 집의 벽돌담이 시작되는 지점에 접어들면 코끝이 간질간질해지기 시작해서, 그 집의 차고인지 뭔지에 근접했을 때 재채기가 터져 나왔다.

그저 재채기뿐이었다. 얼굴이 벌겋게 달아오른다든가 피부가 헐고 붓는 일은 없었다. 나는 알레르기가 없다. 입대하기 전에 굶는 다이어트를 심하게 하다가 간 기능에 에러가 났는지 쇠독에 예민하게 반응하는 체질이 되긴 했지만.

기와를 유리로 구워 올린 흔치 않은 하늘색 박공지붕 아래 스테인드글라스 채광창을 단 다락방이 딸린 그 이 층 주택에는, 현관 옆에 차고처럼 보이는 부속 시설이 하나 더 딸려 있었다.

위치로는 차고가 맞지만 차고로 쓰이는 것 같지는 않았다. 나는 그 집에 차츰 흥미를 느꼈다. 지나다닐 때마다 재채기가 나니 관심을 갖지 않으려야 않을 수가 없었다.

우리 팀이 숙소로 쓰고 있던 빌라에서 찻길로 나가는 골목은 둘이 있었다. 하나는 끝에 메르세데스 벤츠 코리아의 전시장이 자리한 골목으로 편의점이 세 개가 있는 골목이었고, 다른 하나는 끝이 공원과 연결되어 있고 편의점은 하나가 있는 골목이었다. 우리 팀은 늘 밤 열 시면 출출해졌기 때문에 편의점이 동네 지리의 기준이 되곤 했다. 편의점이 하나 있는 골목은 주로 내 산책길로 쓰였다. 호젓한 주택가 골목길이었다.

편의점에서 몇십 걸음 더 가면 찻집이 하나 있었다. 찻집의 옥외 테이블에서 오른편 자리에 앉아 해 떨어지는 쪽으로 고개를 돌리고 있으면 그 이 층 주택이 비스듬히 시야에 들어왔다. 나는 그 자리의 전망이 좋았다. 저녁의 어느 시간과 적당히 구름이 낀 날씨가 맞아떨어지면, 골목 양편으로 늘어선 양옥들이 그려놓은 V자 스카이라인 사이로 크게 부푼 오렌지색 태양이 지는 광경을 볼 수 있었다. 그 광경을 보며 커피를 홀짝이고 있으면 내 삶에도 여유가 있네, 하는 느낌과 그래 그땐 내가 왜 그랬지, 하는 영문 모를 쓸쓸한 감정이 찾아들곤 했다.

찻집에 앉아 시간을 죽이는 것이 취미가 되었을 무렵 그 이 층 주택에도 관심이 부쩍 커졌다. 어느 휴일 저녁 가까운 시간, 찻집에 앉아 있는데 탑차 한 대가 그 집 앞에 와 서고, 차고 같은 그 부속 시설의 문이 올라가는 듯하더니 차에서 내린 인부 둘이 안으로 들어갔다. 몇 분 후 에어캡을 둘둘 만 사각형의 크고 작은 물건들이 들려나와 탑차의 화물칸에 실렸다. 인부들은 어쩌구 회사 어쩌구 보험 100% 보장 같은 문구들이 쓰여진 유니폼을 입고 있었다. 누군가 안쪽에서 그들을 부리고 있는 듯했다. 찻집 내 자리에서 보이는 건 불쑥불쑥 재빠르게 나왔다 사라지는 팔뚝 하나뿐이었다. 종잇장처럼 얇아 보이는 희고 기다란 손과 손목뿐이었다.

나는 웨이터가 리필하러 왔을 때 주택을 가리키며 무엇을 하는 데냐고 물었다. 웨이터는 아틀리에 같아 보이는데 이 근방에선 흔한 것이라고 했다. 그러고 보니 유리문에 포스터를 덕지덕지 붙인 화랑들을 몇 개 블록 사이에서 꽤 본 것 같았다. 아틀리에라는 말은 낯이 설었다. 아하, 작업실이란 말이군, 하고 나는 그날 인터넷을 찾아보곤 고개를 끄덕였다. 심심할 때 몇 번 들러본 그 화랑들에 전시된 물건들이 어디서 만들어져서 나오곤 하는 건지 전에는 한 번도 따져보지 않았었다. 어디서 캔버스에 물감을 치덕치덕 발랐는지, 돌을 어디서 쪼고 깎아냈는지. 그때 처음으로 나는 생각할 기회를 갖게 되었다, 화랑의 전시실 너머에는 작업실이 있기 마련이고 거기에 작가도 있기 마련이라는 사실을.

당시 나는 기숙사 생활을 하고 있었다. 회사에서 내준 스무

평 빌라에 동료 셋과 함께 뒤엉켜 살면서 점점 더 형편없어지는 이 생활이 언제 끝날지 손꼽아 기다리고 있었다. 방이 둘이 었는데 과장이 안방을, 내 밑의 기수 둘이 작은 방을 차지한 탓에 나는 거실에 자리를 펴야 했다. 우리가 기숙사 생활을 시작하게 된 데에는 다들 나름대로 사연이 있었다. 과장은 얼마 전 보증을 잘못 서 집을 날려먹은 데다가 월급을 차압당하고 있었다. 빚 때문에 이혼까지 한 상태였다. 후배 하나는 도망간 집주인에게 전세금을 떼어먹혀 합류하게 되었고, 다른 하나는 고향집 농장이 파산하는 바람에 살던 집을 빼고 우리와 지내게 되었다. 나도 그들과 크게 다르지 않았다. 나는 그저 멀리 도망쳐 평생 산책이나 하며 살고 싶었다. 외환 위기가 나서 전국적으로 금 모으기 운동 같은 것을 하던 때였다.

그러니 우리에게 낙이 있을 리 없었다. 하던 일까지도 우리를 괴롭게 했다. 우리는 우리와 비슷한 처지에 있는 사람들을 쫓아다니며 채무 관계를 처리했다. 꼼꼼해야 하는 서류 작업은 과장이 했고 뺨치고 어르는 일은 후배들이 했고 나는 중간에 서서 팔짱을 끼고 이따금 고함이나 지르는 일을 했다. 우리는 팀이긴 했지만 팀워크라고 할 만한 것은 없었다. 다들 팀이 어서 깨지기를 바라는 눈치였다. 우리가 그 팀에서 업무 이외에 공유했던 것은 일말의 죄책감뿐이었다. 우리가 기숙사로 쓰던 빌라와 타고 다니던 차는 회사에서 압류한 담보물이었다. 그래서 빌라가 팔리면 우리는 다른 부동산 담보물로 냉큼 자리를 옮겨야 했다. 그 빌라는 과장에게는 세번째, 내겐 두번째 기숙사였다. 차도 한 달이 멀다 하고 다른 차로 바뀌었다.

즐거움이 있었다면 일주일에 한 번씩 과장의 이혼한 아내가 반찬을 싸 들고 올 때였다. 과장이 눈치를 주면 예우 차원에서 집을 비워주기도 했다. 아이는 어떻게 지냅니까? 지난주엔 중간시험이 있지 않았나요? 우리는 과장의 아내에게 그렇게 묻곤 했다. 그러면 그녀는 아이가 반에서 몇 등을 했느니 무슨 일로 상장을 받았느니 여자친구가 생겼느니 하고 수다를 떨었다. 그녀는 그런 자질구레한 수다가 우리의 어두운 마음을 가볍게 해줄 수도 있다는 것을 잘 알고 있었다. 그리고 우리도 그녀를 방치해두느니 수다를 떨게 해주는 것이 더 인간적인 처우라는 것을 알고 있었다.

과장의 아내가 가버리면 우리는 음울한 침묵에 빠져들었다. 참다 못해 겨우 꺼낸다는 말이 화장실 문에 난 부서진 자국을 보며 여기 살던 채무자들이 부부 싸움을 심하게 했었나 봐, 하고 듣는 사람도 없이 중얼거리는 혼잣말들이었다.

내게 동네 산책이니 찻집에서 혼자 홀짝이는 커피니 하는 취미가 생긴 것도 그즈음이었다. 후배들도 형편에 맞게 새로운 취미를 가졌다. 전세금을 떼인 후배는 플라스틱 모델을 조립했다. 장갑차나 군함 따위였다. 휴일이면 옆집 신문을 빼 와 거실 바닥에 깔아놓고 부품과 조립 도면을 쭉 펼쳐놓은 채로 종일 쪼그리고 앉아 있었다. 고향 집이 파산한 후배는 한동안 텔레비전

방송의 마술쇼를 유심히 들여다보더니 교본을 사다가 마술을 독학하기 시작했다. 과장은 베란다에 밥그릇을 하나 갖다 놓고 담배를 피우기 시작했다. 자세를 봐선 근래에 담배를 배운 듯했다. 남들이 금연을 시작하는 나이에 담배를 배우고 있었다.

이런 것들이 퇴행이 아니면 무엇이겠는가. 그리고 나 역시 퇴행을 하고 있었다. 후배의 애꿎은 장갑차 포신 하나를 숨겨 얼을 빼놓는다든지, 마술 시범을 보일 때 후배가 수치심이 들 만큼 큰 소리로 웃는다든지 해서 그들의 우울에 내 우울까지 얹어놓곤 했다. 나는 날이 갈수록 산책을 더 자주 나갔고 골목을 더 오래 걸어 다녔으며 찻집에 더 길게 앉아 있었다.

하루는 후배와 그 이 층 주택 앞을 지나갔다. 내가 재채기를 하자 후배는 감기에 걸렸냐며 쳐다보았다. 나는 너는 괜찮으냐고 했고 후배는 자기는 아무렇지도 않다고 했다. 나는 어쩐지 코가 매운 것 같다고 했다.

나는 후배를 데리고 이 층 주택 앞에 일이 분쯤 서 있었다. 나는 후배도 곧 재채기를 할 거라고 생각했다. 하지만 후배는 여전히 영문 몰라 하는 표정이었다.

"어때?"

"뭐가요?"

나만 유난히 이 집 앞에서 재채기를 하는 건가, 하는 생각이 들었다. 다른 후배와 셔츠를 사러 가는 길에도 그 집 앞을 지나갔다. 나는 재채기를 했고 후배는 무심한 눈길로 나를 잠시 바라보았다.

시착실에서 내가 막 입고 나온 셔츠를 보더니 후배가 취향이 바뀌었냐고 물었다. 나는 그래 보여? 하고 되물었다. 그러고 보니 걸치고 있는 셔츠도 손에 들고 있는 셔츠들도 하나같이 농도가 옅은 파스텔 톤이었다. 우리는 사무직이 아니잖아요, 하고 후배가 손가락으로 내 가슴팍을 찍 긋더니 말했다. 우리는 업무의 원활한 진행을 위해 최대한 엄격하게 보일 필요가 있었다.

나는 사 온 셔츠들을 비키니 옷장에 넣으면서 후배가 옳게 보았다는 걸 알았다. 취향이 바뀐 것도 퇴행의 일종일까. 속옷 색깔까지 온화한 톤으로 바뀌고 있었다.

그즈음 화랑에 가면 작가 이름과 입구에 붙은 해설까지 빼놓지 않고 보게 되었다. 전에 없던 일이었다. 전에는 화랑에 들어가면 십 분 만에 후다닥 전시물만 훑고 돌아 나오곤 했다. 시간에 쫓기는 사람처럼, 할 일이 많은 사람처럼. 나는 신문 문화면의 전시 기사들도 놓치지 않고 읽었다. 인터뷰 기사에서 작가 사진이 작업실을 배경으로 하고 있으면 유심히 들여다보곤 했다.

내가 휴일마다 나가서 전시회 팸플릿이나 화집을 들고 들어오자 숨길 것 없이 일상이 모두 노출되는 기숙사에서 수군거리는 소리가 나기 시작했다. 어느 일요일 아침 내가 즈크 바지에 멜빵을 하고 거실을 거닐자 과장이 불렀다. 그러곤 요즘 뭐 하고 다니는 거냐고 물었다. 나는 화랑에 그림을 보러 다닌다고 했다. 나는 뭔가 있어 보이는 취미가 아니냐고 했다. 입장료도 공짜거나 일이천 원밖엔 안 한다고 했다. 과장은 눈을 동그랗게 뜨곤 나를 잠시 바라보기만 했다.

빌라에서 기숙사 생활을 시작한 이후로 두번째 계절을 맞이하고 있었다. 작업실 안쪽을 들여다보게 된 것은 그즈음이었다.
평소같이 산책길에 그 이 층 주택 앞을 지나고 있었다. 오버헤드 도어가 활짝 올라가 있고 안쪽을 훤히 드러내놓고 있었다. 그때가 처음이었다. 놀라서 그랬는지 재채기도 나지 않았다. 무언가 발가벗은 것 앞에 서버린 기분이었다. 뺨이 붉어졌을 것이다. 부속 시설의 뒷면은 주택 정원과 트여 뒤쪽으로 낮볕이 환히 비쳐 들고 있었다. 천장과 벽은 나무 널빤지로 마감되어 차고 하면 연상되는 콘크리트의 거친 느낌은 들지 않았다. 바닥에도 얼룩덜룩 얼룩이 지긴 했지만 부드러운 느낌의 쥐색 펠트 천이 깔려 있었다.
작업실 앞뒤에서 햇빛이 들어와 그늘을 남김없이 지우고 있었다. 내가 한 번도 본 적이 없거나 봤어도 별 관심 없이 지나쳐 그 용도와 이름을 모르는 물건들이 바닥 사방에 널려 있었다. 아는 건 이젤 정도였는데 그건 빈 채로 몇 개나 한쪽 구석에 세워져 있었다.
사람은 없었다. 그래서 나는 제법 오래 그 앞에 서 있을 수가 있었다. 얼마나 넋을 놓고 있었나, 모터 돌아가는 소리에 눈을 돌리니 작업실과 주택 정원의 경계에 누군가 서 있었다. 플라스틱 재질처럼 반들거리는 질감의 우윳빛 코트를 걸치고 있었다. 한 손을 개폐 장치 같은 것에 얹고 있었는데 그 손과 손목은 전에도 본 적이 있는 것이었다. 종잇장처럼 얇아 보이는 그 손 주인의 나머지 부분이 지금 내 앞에 서 있다는 사실에 나는 당황했다.

종잇장처럼 얇아 보이는 인상은 이제 여자의 상하반신 전체가 풍기고 있었다. 여자는 낯설지만 어쨌거나 이웃인 것 같은 그런 사람에게 보내는 친절하지만 어색한 미소를 짓고 있었다. 오버헤드 도어는 내 이마 위쪽에서부터 차츰 시야를 깎아먹으면서 서서히 내려왔다. 나는 한 번, 마치 나를 기억해달라고 일부러 그러는 것인 양 큰 소리로 재채기를 했다.

그러고 나서 한동안 그 문은 다시 열리지 않았다. 찻집에서 바라보는 풍경은 바뀌지 않았다. 이 층 주택은 여전히 하늘색 박공지붕을 하고 있었고, 약간 각도가 틀어지긴 했지만 골목의 V자 스카이라인 사이로 이따금 기막힌 낙조 쇼가 펼쳐지는 것을 볼 수 있었다. 내 기억 속에서 그 골목은 언제나 굴러다니는 쓰레기 하나 없이 깨끗하고 하얗게 빛나고 있었다. 개 짖는 소리조차 들리지 않는, 볕에 한껏 달궈진 약간 건조한 냄새 같은 것이 나는, 진공 같은 풍경으로 남아 있었다. 하늘은 계절에 상관없이 언제나 화창했다. 그 풍경에 궂은 날도 있었나? 어쩌면 화창한 날에만 골목으로 산책을 나가서 그런 것인지도 모르겠다.

새 취미를 위해 투자를 좀 해야겠다는 생각을 한 적도 있었다. 늘 가는 화랑들에서 기숙사의 삭막한 거실을 치장할 작은 그림들을 사기로 한 것이다. 처음엔 이십 인치 브라운관 크기면 좋겠다고 생각했다. 그렇게 계획하고 값을 알아보고 다니다가 어처구니없는 가격에 놀라서 수준을 좀 낮추기로 했다. 아직 유명세가 붙지 않은 신인 작가의 작품이면 그럭저럭 되겠다고 생각했다. 그렇지만 신인 작가의 작품도 그 크기면 가격이 결코 만만치 않았다. 그래서 사이즈를 줄이기로 했다. 하지만 어디까지 줄여야 어처구니없다는 느낌에서 벗어나서 흔쾌히 지갑을 열 수 있는지 알 수가 없었다. 나중엔 이게 내 형편에 맞을 거야, 하는 생각에 손바닥만 한 판화 작품을 알아보러 다녔다. 결국 예산에 맞는 작품을 찾아내긴 했다. 하지만 그건 내 취향에 맞지 않았다. 그런 걸 거실 벽에 걸어놓고 흐뭇해할 수 있을지 자신이 없었다.

내가 방황을 하는 사이 후배 하나가 선수를 쳐 거실 벽을 채워놓았다. 그도 썰렁한 거실 벽이 못마땅했던 것이다. 종로 세운상가 육교 노점에서 사 온 삼십육 인치 브라운관 크기의 영화 포스터였다. 후배는 그 짓을 해놓곤 저녁 식사 자리에서 무슨 큰 선심이나 쓴 것처럼 떠벌렸다.

과장은 연설을 했다.

"비어 있으면 빈 채로 놓아두는 것도 나쁘지 않아. 들어봐,

큰 집으로 이사를 가면 사람들은 넓어진 공간만큼 이것저것 가구를 들여놓지. 우리가 매일 보는 광경이잖아. 하지만 그렇게 채워 넣으면 이전 집과 똑같아지거나 오히려 더 좁아지지. 결국 얼마 지나지 않아 집이 왜 이리 좁아졌냐는 불평이 나오게 된다고. 그러면 또 가구 사들인 생각은 않고 더 넓은 집을 구하기 위해 등골이 빠져라 일을 하게 되지. 그 와중에 무리도 하게 되고 말이야. 이런 게 악순환이야. 그 끝에는 결국 우리 같은 사람들이 기다리고 있으니 말이야."

과장도 새로 치장한 거실 벽이 밉지만은 않은 듯했다. 영화 포스터든 뭐든 알록달록한 것이 걸려 있긴 하니깐. 그날 저녁 우리 넷은 포스터에 나온 영화의 비디오테이프를 빌려다 보았다.

작업실의 여자를 다시 본 건 찻집에서였다. 그날도 나는 찻집의 옥외 테이블에 앉아 이 층 주택을 바라보고 있었다. 얼마나 있었을까, 그만 일어나려는데 전면 유리창에 언뜻 검고 긴 생머리가 반으로 가르고 있는 밝은 색깔의 원피스가 비쳤다. 찻잔을 쥐고 있는 손과 손목을 보니 딱 여자였다. 그녀는 비스듬한 각도로 이쪽으로 등을 돌리고 있었다.

어떤 비만남이 마주 앉아 있었다. 여자를 대여섯 번 포개놓아야 겨우 그 몸집이 될 만한 비만한 남자였다. 나이는 있어 보였는데, 햇빛이 비칠 때마다 날카롭게 광택이 나는 금속 테 안경을 끼고 있었다. 찻집 출입문은 내 등 쪽으로 나 있었다. 이

층 주택에 정신이 팔려 있는 동안 등 쪽 방향에서 들어온 모양
이었다. 나는 도로 주저앉았다. 그러곤 웨이터를 불러 커피를 리
필해달라고 하곤 여자 쪽으로 약간 자세를 틀었다.

내가 줄곧 힐끔거렸기 때문에 비만남이 눈치를 챘을 수도 있
었다. 여자와 남자는 꽤 그렇게 오랫동안 앉아 있었다. 대화가
끊길 때는 서로 시선을 피한 채 딴 곳을 바라보기도 했다. 남자
는 봉투에서 무슨 서류 같은 걸 꺼내 보여주기도 했고 슬라이
드 필름 같은 걸 건네주기도 했다. 그러면 여자는 고개를 들고
햇빛에 필름을 비춰 보았다. 여자의 옆얼굴은 여자의 다른 부분
들처럼 길쭉하고 희고 종잇장처럼 얇고 파리한 느낌이 났다. 마
주 앉은 남자 탓에 더 그래 보였다.

얼굴 전체를 보여준 것도 아니고 옆얼굴도 자주 보여준 것도
아니지만, 여자는 내가 이 층 주택을 보며 느끼곤 하던 그런 인
상들을 고스란히 풍기고 있었다. 여자가 입은 원피스는 굳은 데
하나 없이 청결하고 화창한 날씨 같았다. 유리 벽이 가로막고 있
어 소리가 안 들려서 그런지 볕에 달궈진 메마른 진공 같은 느
낌도 났다. 딱 내 취향이었다.

그날은 일요일이었지만 찻집에 원하는 만큼 앉아 있을 수가
없었다. 후배가 휴대전화로 나를 찾았다. 우리는 역삼동에 있는
한 주택을 급습했다. 마당에서부터 군내와 지린내가 코를 찔렀
다. 쓰레기봉투들이 누런 국물을 흘리면서 문간 근처에 쓰러져
있었다. 거실에는 벗어놓은 건지 버린 건지 알 수 없는 옷가지들

이 바닥에 널려 정신없이 발에 밟혔다. 빚쟁이들이 몰려왔다가 홧김에 난장판을 만들어놓은 것 같기도 했다. 주방은 씻지 않은 그릇들이 개수대며 가스레인지며 한가득 쌓여 있었다. 불 꺼진 냉장고 문은 반쯤 열려 있었다.

인기척이 나 작은방을 열고 들어가니 조그만 남자아이가 피아노 앞에 앉아 있었다. 아이는 우릴 한 번 흘겨보더니 건반에 손가락을 올리곤 땅땅거리기 시작했다. 체르니인가 하는 연습곡 같았다. 발에 밟히는 것이 없는 장소는 그 작은방이 유일했다. 어두웠지만 전기가 끊겨서 불도 켤 수 없었다.

"우리더러 여기서 뭘 하라는 거야?"

"여기 뭐가 있다는 거야?"

우리는 회사를 탓하면서도 남자아이에겐 말을 건넬 엄두를 못 내고 있었다. 나도 그랬고 어쩐지 다들, 언제 물어뜯을지 모르는 성난 강아지 앞에 선 것처럼 아이에게 겁먹은 눈치였다. 아이는 꼭 그런 표정을 짓고 있었다. 아이가 두드리고 있는 피아노는 건반이 여럿 빠지고 헐거워져 제 구실을 하고 있지 못했고 뚜껑도 뜯겨 한쪽 귀퉁이로 부러진 팔처럼 늘어져 있었다.

아이의 성난 표정은 하지만 나중에 생각해보니, 우리를 향한 표정은 아니었다. 우리가 들이닥치기 훨씬 전부터 아이는 그런 표정을 짓고 있었을 것이다.

"애, 너 왜 여기 있는 거니?"

과장이 주저하는 목소리로 물었다. 인사라도 나누려는 것처럼 허리를 앞으로 이십 도쯤 구부린 자세였다.

"여기 사니까요."

남자아이는 짜증이 난 목소리로 답했다.

"이런. 회사에선 빈집이라고 하던데…… 원래 빈집이어야 하
는데……"

과장이 말하자 남자아이는 건반 위로 더 빠르게 손가락들을
놀리며 새된 소리를 질렀다.

"내가 산다고 했잖아요! 피아노 치는 거 안 보여요?"

남자아이는 씩씩거렸다.

"하지만 다들 못 본 척하죠. 좀 전까지만 해도 아저씨들도 날
못 본 척했잖아요!"

아이를 놔두고 우리는 작은 방을 나왔다. 참혹하긴 이 층도
마찬가지였다. 나는 여기저기 쓰러지고 엎어져 있는 가구들을
살펴보다가 찜찜한 기분이 들어 다시 일 층 작은 방으로 내려갔
다. 제멋대로인 피아노 소리가 귀 따가웠지만 그만 치라고 할 수
도 없었다.

"아버지는 어디 가셨니?"

"몰라요."

나는 뜸을 들이다가 혹시 아버지 사진을 볼 수 있느냐고 했
다. 아이는 안방 화장대에 가보라고 소리를 질렀다. 안방 화장
대엔 가족사진이 엎어져 있었다. 사진 속엔 아이도 있었다. 사
진 속 아이는 작은 방의 아이처럼 성난 표정이 아니었다. 그처

럼 한껏 구겨지고 그늘이 속속들이 박힌 어두운 얼굴이 아니었다. 사진에는 아버지로 보이는 성인 남자도 있었는데 내가 아는 인물인지 잘 알 수가 없었다.

그 남자는 내 대학 동기일 수도 있었다. 이 층 거실 책꽂이에 내가 이 학년 때 교양과목 교재로 배우던 책이 한 권 꽂혀 있었다. 그 책을 다시 보니 반갑기는 했다. 그걸 교재로 쓴 학교가 몇이나 될까. 책꽂이의 다른 몇 권도 기억에 남아 있었다.

우리는 차가운 거실 바닥에 앉아 촛불을 켜놓고 밤 아홉 시가 넘도록 누군가, 어긋나버린 채무 관계에 대해 책임 있는 얘기를 나눌 수 있는 누군가가 나타나기를 기다렸다. 작은 방의 아이는 그때까지도 다른 데엔 아무런 관심도 없는 듯 피아노만 두드려댔다. 중국 음식을 시켜 방에 밀어 넣어준 다음에도 피아노 소리는 그치지 않았다. 죽을 정도로 시끄럽고 신경에 거슬렸지만 누구 하나 나서서 그만 치라고 말리지 못했다.

후배 하나가 아이를 어떻게 했으면 좋겠냐고 했다. 나는 내버려둬도 사회복지 단체나 뭐 그런 데서 알아서 데려갈 것이라고 했다. 과장은 용돈이나 좀 갹출해서 주지, 하곤 입을 다물어버렸다. 우리는 그렇게 했다.

그날은 창사 기념일이었다. 출근을 하지 않는 날이었다. 그래서 종일 내처 잠만 자다가 어스름 저녁에야 밖으로 나왔다. 시퍼렇고 펑퍼짐한 즈크 바지에 다저스 야구 모자를 쓰고 멜빵까지 두르니 이런 차림으로 어디를 갈 수 있을까 싶었다. 광대가 따로 없었다.

나는 시원한 저녁 바람을 쐬며 골목들을 돌아다니다가 이 층 주택 앞에까지 갔다. 작업실의 문이 열려 있고 조명을 밝혀두고 있었다. 나는 웬일인가 했다. 여자가 싸리비를 두 손으로 부여 잡고 아틀리에 바닥을 쓸고 있었다. 펠트 천을 쓸면서 그 종잇 장 같은 두 팔이 휘어지도록 꼭 힘을 주었다. 여자는 브랜드 운동복 바지에 셔츠를 걸치고 있었다. 그래서 더 얇아 보였다. 여자가 싸리비를 휘두를 때마다 먼지들이 회오리처럼 형광등까지 날아올랐다. 나는 재채기를 했다.

내 발 아래에는 쓰레기가 몇 줌 쌓여 있었다. 나는 느닷없는 호기심이 일어 허리를 굽혀 들여다보았다. 껌 종이, 석고 가루, 돌돌 말린 오일 튜브, 담배꽁초, 메모지 구긴 것, 무엇에 썼던 것인지 알 수 없는 얼룩진 알루미늄 판 조각…… 그러고 있는데 싸리비가 내 눈 밑에서 신경질적으로 왔다 갔다 했다.

"거기 있는 쓰레받기 좀 주실래요?"

내가 놀란 건 여자가 말을 걸어서가 아니라 여자의 목소리가 뜻밖이어서였다. 얇디얇은 몸집만큼이나 기운 없이 들리는 건 내 평소 상상을 벗어나지 않았는데, 그 톤만은 내가 일상적으로 대하던 보통 여자들의 목소리 톤이 아니었다. 허스키하고 굵은 게 남자 목소리 톤에 가까웠다. 이를테면 어떤 힘든 일을 마치고 탈진해 쓰러진 남자가 나직나직 뱉어내는 그러한 목소리 톤이었다.

나는 놀랍기도 하고 우스꽝스럽기도 해서 아무 대꾸도 못 하고 있었다.

"쓰레받기 안 줄 거예요?"

쓰레받기는 작업실 밖 담벼락에, 내 옆에 세워져 있었고 여자는 두어 발짝 떨어져 있었다. 그런데도 여자는 그걸 내가 빼앗아 들고 있기라도 한 듯이 말하고 있었다. 나는 쓰레받기를 주는 대신 싸리비를 달라고 해선 넘치는 기운으로 나머지 청소를 해주었다.

청소를 마치고 작업실 앞뒷문을 활짝 열어놓은 채로 우리는 커피를 마셨다. 여자는 내가 이웃인 줄 알고 있었다. 두어 달 전 작업실 앞에서 잠깐 본 것을 기억하고 있었던 것이다. 나는 요 앞 찻집의 단골인데 집에서 끓인 커피는 맛이 없어서 찻집까지 나와서 사 마시는 거라고 했다.

"불경긴데."

여자는 흥미롭다는 표정을 지으며 말했다.

"담배 사 피울 돈도 아껴야 할 판인데……"

여자의 커피는 맛이 좋았다. 이 정도 솜씨라면 직접 끓여 마시는 것도 나쁘지 않을 거야, 하고 나는 생각했다. 나는 두어 주 전쯤에 찻집에 있는 당신을 보았다고 말했다. 여자는 아, 그랬어요, 하고 고개를 끄덕였다. 아마 일 때문이었을 거예요. 여자는 공식적인 접대를 해야 하거나 작업이 진행 중일 땐 집에서 가까운 찻집에서 상대를 만난다고 했다. 여자는 자기가 작업하는 모습은 절대 보여주지 않는다고 했다. 결과만 보여주겠다, 결과만 봐라, 이런 뜻이었다.

나는 조심스러웠다. 말 한마디, 손가락 하나 잘못 놀리면 여자가 종잇장처럼 구겨지고 찢기지 않을까 싶어서였다. 여자는 첫인상부터가 워낙 그랬다. 통 어울리지 않는 남성 톤의 목소리를 확인하고 나서도 그 인상은 사라지지 않았다.

나는 이 동네에 대한 감상을 늘어놓았다. 부촌이라고 소문이 난 동네엔 처음 살아본다고 했다. 화랑이 편의점보다 많은 곳에 살아보는 것도 처음이라고 했다. 여자는 까르르 웃었다. 여자는 자기는 편의점보다 화랑이 더 익숙한 사람들 틈에서 자랐으며, 요즘 들어 형편이 안 좋아지긴 했지만 여전히 그렇게 살고 있다고 했다.

나는 재채기를 했다. 아까 들이마신 먼지 탓인 듯했다.

"이 집 앞을 지날 때면 꼭 이렇게 재채기가 나요."

나는 왜 그런지 아냐고 물었다. 여자는 놀란 얼굴로 모르겠다고 했다.

"그런데 왜 하필 우리 집 앞이죠?"

여자는 재수 없는 일이라는 듯 되물었다. 광대 같은 내 패션이 맘에 든다고도 했다.

찻집의 웨이터로부터 작업실의 청소 시간을 알아냈다. 일주일에 세 번, 월 수 금 오전 열 시경에 청소를 한다는 것이었다. 이따금 어제처럼 오후 네다섯 시경에 하기도 한다고 했다. 그래서 늘 닫힌 문만 보았던 것이다. 여자의 이름도 알아냈다. 가끔 자기 이름으로 찻집의 VIP석에 예약을 하는 모양이었다.

하지만 여자를 만난다는 건 그래도 어려운 일이었다. 나는 주중엔 짬이 없었고 휴일엔 작업실이 문을 열지 않았다. 이따금 늦은 저녁 때 골목이나 작업실 앞에서 마주치는 일이 있긴 했지만, 나는 아무 말도 못하고 그저 그냥 눈인사만 나누었다.

기숙사에선 나의 어떤 변화가 입방아에 오르곤 했다. 셔츠의 색깔이 바뀌었다든가 화랑 출입, 팸플릿 수집, 거기에다 미소 띤 얼굴, 업무에 방해만 되는 부드러운 청유형의 목소리 톤……기타 등등. 후배는 우리가 빌라에 막 함께 살기 시작했을 때의 내가 기억나느냐고 물었다.

그때의 내 모습은 물론 기억난다. 꼭 무언가 중요한 것을 인생에서 강탈당한 사람처럼 눈을 홉뜨고 눈초리에 날을 세우고 다녔다.

"뭘 기억해? 지금의 내가 나야."

시치미를 떼긴 했지만 지금의 나도 진짜 내가 아니었다. 그저 최근의 나일 뿐이었다. 화랑, 전시회, 미술작품들, 이런 것들은 여전히 내게 형편없이 엉뚱한 장소와 물건 들이었다. 아틀리에라는 말도 여전히 낯이 설었다.

화랑에 가서 작품을 앞에 놓고 감탄을 하기도 했는데, 그런 반응들은 나 자신을 위로하기 위해 짐짓 꾸며낸 것이거나 당시의 내 생활과 비교해 외계나 다름없는 캔버스의 세계 앞에서 느끼는 이물감의 다른 표현이었다. 진심으로 내가 감탄하고 탄성을 질렀던 게 몇 번이나 되었나.

조립식 장갑차나 만들고 시든 꽃다발로 마술이나 부리는 후배들, 담뱃값이 아까워 한 개비를 두 번에 나누어 피우는 과장과 나는 조금도 다를 바 없었다. 그들의 행태가 퇴행적이고 허튼 것이었다면 나도 퇴행적이고 허튼 놈이었다.

경기도 평택에 있는 거위 농장을 보러 갔을 때였다. 회사에 그 농장이 담보로 잡혀 있었다. 사육사 앞에서 우리는 주인을 만났다. 주인은 지난겨울에 난방비가 부족해 거위의 삼분의 일이 얼어 죽었다며 사정을 감안해달라고 했다. 후배들은 과장에게 물어보라고 했고 과장은 자기 소관이 아니라고 했다. 과장은 자기 아이들이 동물을 좋아하는데 거위를 덜 자란 놈으로 몇 마리 갖다 주면 좋아할지도 모르겠다고 덧붙였다. 실랑이는 계속됐다. 하지만 우리에겐 주인의 처지를 배려해줄 아무런 권한이 없었다. 우리의 역할은 채무자에게, 당신이 궁지에 빠졌음을 알리는 일종의 벽을 제시하는 것이었다. 귀도 붙어 있지 않고 눈도 달려 있지 않고 타고 넘을 수도 없는.

내가 말할 차례가 왔다. 나는 모이를 쪼고 있는 어린 거위들을 보고 있었다. 누렇게 때가 탄 것이 오래 갈지 않은 이불솜 뭉치들 같았다. 과장이 눈짓을 했다.

"이게 사실인지 좀 봐주세요. 거위는 알에서 막 나왔을 때 처음 본 움직이는 것을 제 어미로 안다는 거 말입니다. 둥지에서 엉덩이를 들고 있는 어미를 그렇게 해서 인식한다는 거요. 갓 태어난 거위 새끼는 움직이는 모든 것들에 감동을 느낀다지요. 그 감동이 바로 어미와의 유대감을 형성한다는 겁니다. 감동, 멋진 말 아닙니까. 우스개로, 그렇다면 고양이나 오소리의 엉덩이에 감동을 느껴 그놈들을 쫓아갈 수도 있지 않을까요, 잡아먹힐 줄도 모르면서. 하지만 자, 이런 예술적 상황을 떠올려봅시다. 새끼 거위들이 무선으로 조정되는 장난감 헬리콥터를 어미로 인식하게 만드는 겁니다. 그리고 그 새끼들이 날 수 있을 만큼 자랐을 때, 헬리콥터 꼬리에 소형 카메라를 장착하고 하늘에 띄웁니다. 상상해보세요, 새끼 거위들도 헬리콥터를 어미로 알고 따라 날아오를 겁니다. 여기, 이 농장 하늘 위를 말이죠. 장관이지요. 자연 현상이 우리에게 영감을 주고, 우리는 그 영감으로 예술이라는 사기를 치는 겁니다. 그렇게 해서 찍은 기록 영상을 팔아 빚을 갚는 거지요."

내가 그 터무니없는 제안을 끝냈을 때, 후배들은 어안이 벙벙한 표정을 지었고 과장은 눈살을 찌푸린 게 화가 난 표정이었고 농장 주인은 울상을 짓고 있었다. 주인은 곧 울음을 터뜨렸다.

빌라로 돌아오는 동안 과장은 한마디도 하지 않았다. 후배 하나는 내게 이렇게 물었다.

"선배, 왜 그랬어요? 왜 그렇게 잔인했어요?"

나중에 우연찮게 작업실의 여자를 만나 그 얘기를 해줬더니 좋아했다. 그러면서 농장 주인이 왜 울었느냐고 했다. 나는 모르겠다고 했다. 그러곤 처지가 바뀌어 내가 우는 상황이 되어도 그 주인 역시 내가 왜 우는지 별로 알고 싶어 하지 않을 것이라고 했다.

"하지만 정말 잔인한 일을 하고 계시는군요."

여자가 손톱으로 입가를 문지르며 말했다. 나는 말없이 고개를 끄덕였다. 나는 화제를 돌렸다. 기숙사 생활과 동료들에 대해서, 그리고 거실 벽에 걸어놓고 싶었지만 결국 포기해야 했던 미술품에 대해서도.

"그렇게 해서 지금은 베아트리체 달의 상반신 사진이 걸려 있지요. 이름이 예쁘지요?"

"아주 큰 불행을 겪는 여자예요. 현실에선 있을 것 같지 않은."

여자가 말했다. 여자도 영화를 본 모양이었다.

"그만한 불행을 겪으려면 얼마큼 노력을 해야 할지. 얼마만한 노력을 해야 그 정도 불행을 겪을 수 있을지."

여자는 도취된 표정으로 가느다랗게 숨을 내쉬었다. 그 여주인공의 운명이 질투라도 난다는 투였다. 나는 저 얇디얇은 가슴의 폐활량은 얼마나 될까, 하고 생각했다. 저런 가슴으로 견딜 수 있는 불행의 양은 얼마나 될까.

과장의 이혼한 아내가 쓰러진 건 그 빌라에 살게 되고 세번

182

째 계절이 지나고 있을 무렵이었다. 일요일인데 아내가 오지 않자 과장은 미칠 지경이 되었다. 함께 살고 있지 않으니 더 그런 모양이었다. 병원에서 전화가 온 건 저녁이 다 되어서였다. 우리는 병원으로 달려갔다. 연락처를 갖고 있지 않아 환자가 깨어날 때까지 기다렸던 것이다. 아내는 링거를 꽂고 응급실에 누워 있었다. 과장이 왜 연락처를 갖고 다니지 않느냐고 하자 아내는 이혼한 남편의 전화번호는 왜 갖고 다니냐고 했다.

의사를 만나고 온 과장은 적혈구가 부족해 피가 하얗게 질리는 병이라고 우리에게 말했다. 휴식을 취하고 영양보충을 하면 괜찮아질 거라고도 했다. 말마따나 과장의 아내는 침대 시트만큼이나 허옇고 꺼칠한 얼굴을 하고 있었다.

"어이쿠, 영양제도 있어야겠고 영양크림도 필요하시겠어요."

"이거 저희들 전화번호입니다. 코팅해서 가슴에 넣고 다니세요."

"과장님이 여기 오다 과속으로 딱지를 떼었어요. 아시죠? 그런 딱지는 우리가 벌금을 물어야 한다는 거."

침대 쿠션이 푹 꺼진 게 과장의 아내가 그 속으로 침몰하고 있는 것처럼 보였다. 과장은 밤을 새울 모양이었다. 우리는 과장을 남겨놓고 기숙사로 돌아왔다. 그때쯤 외환 위기도 끝나가고 있었다. 신문과 방송에서는 우리나라 환율에 대해 긍정적인 언급을 하고 있었다. 회사에서도 비슷한 소식들이 들려오고 있었다. 그것이 우리를 더 불안하게 했다. 끝나는 게 우리한테 좋을

지 나쁠지 확신할 수 없었던 것이다.

전시회를 쫓아다니는 일도 그만 시들해지고 있었다. 어쩐지 화랑에선 발걸음이 더 무거워지는 듯했다. 공짜 팸플릿이 있어도 손이 가질 않았다. 작가가 저 앞에 서 있는데도 쳐다볼 흥미가 나지 않았다. 게다가 무언가 애틋한 감정에 휘말리곤 했다.

작품 앞에 서면 양재동의 할인마켓, 역삼동의 주택, 평택의 농장, 안양의 싱크대 공장, 그런 숱한 곳들, 그리고 그곳의 곤경에 처한 주인들이 떠오르곤 했다. 작품의 때깔이 좋으면 좋을수록 점점 더 안 좋은 쪽으로 기억이 나곤 했다. 작품의 결이 세밀하면 세밀할수록 기억도 같이 안 좋은 쪽으로 세밀해졌다. 그림 옆에 붙어 있는 가격표의 숫자가 어처구니없으면 없을수록 내 기억 속의 죄책감도 따라서 비등하고 있었다.

언젠가 화랑에서 직원이 내게 말을 걸어왔다. 워낙 자주 와 낯이 익다고 했다. 뭐 하시는 분이냐고 물었다. 나는 이 근처에 산다고, 그래서 산책 겸 오는 것이라고 했다. 그러곤 이렇게 덧붙였다.

"허튼 짓 같아요."

"뭐가요?"

"이게 다 말이죠, 아주 허튼 짓 같다는 말입니다. 안 그래요?"

"허튼 짓이라니? 전시가 말입니까?"

직원은 놀라고 당황하면서 한편으론 막 화가 치밀기 시작한 그런 목소리를 냈다.

"뭐 하냐고 물었죠? 난 말이죠, 여기 같은 화랑이 파산을 하면 쫓아와서 안내 책상에 놓인 볼펜 하나 남기지 않고 싹 쓸어가는 일을 해요. 파괴적인 일이죠. 당신들은 창조니 창작이니 해서 무언가 생산적인 일들을 하고 있는 듯하지만, 언젠가는 당신들도 궁지에 몰릴 테고 그러면 나 같은 사람들과 사아어업저억인 관계로 만나야 할 거란 말입니다. 그 순간의 괴로움을 생각하면……"

"아니, 지금 우리가 망할 거란 얘깁니까?"

"그럼 안 망할 것 같아? 당신들이라고 예외일 것 같아?"

"이 양반이……"

그러면서도 내 마음 한구석은 애틋한 감정에 휘둘리고 있었다. 그 애틋함은 내 남은 평생을 모두 쏟아붓는다 해도 결코 이를 수 없는 어떤 세속적인 경지에 대한 애틋함일 수도 있고, 내 일상과 이 화랑의 일상과 너무나도 동떨어졌다는 어떤 위화감에 대한 애틋함일 수도 있었다.

화랑의 책임자 같은 사람이 달려올 때까지 우리는 그렇게 허튼 말싸움을 하고 있었다. 책임자가 무슨 일이냐고 묻자 나는 한 발짝 물러서 손을 털곤 점잖은 투로 말했다.

"이번 한 번만 용서해주지. 또 봅시다."

그러곤 직원의 얼빠진 표정을 뒤로하곤 화랑을 나왔다. 빌라에서의 기숙사 생활이 마지막 계절로 접어든 무렵이었다.

그 계절에 후배가 사고를 쳤다. 마술 소품으로 쓴다며 공원에

서 비둘기를 잡아다 괴롭혀 죽이곤 하던 후배였다. 삼성동 빌라
로 출동했을 때였다. 과장이 전화를 받더니 붉어진 얼굴로 철수
한다고 했다. 우리는 영문도 모르고 차에 올라 본사로 갔다.

우리는 본사 지하층의 기다란 복도에 놓인 차가운 인조가죽
소파에 앉아 있었다. 약간 침침한 조명 아래에서 눈에 띄는 모
든 사물들이 모호하게 느껴졌다. 복도 끝에는 한 짝짜리 철제문
이 달려 있었다. 후배가 조금 전에 그곳으로 들어갔다.

우리는 퇴근 시간이 될 때까지 말도 않고 적막함 속에서 후
배를 기다리다가 본사 지하층을 나왔다. 그 후배는 다시 보지
못했다. 연락도 없었고 짐을 찾으러 오지도 않았고 소문도 없었
으며 언론에 이름이 등장하지도 않았다. 마치 그 좁은 철제문으
로 들어가서 다른 어떤 문을 통해 나간 다음 영원히 돌아오지
않게 된 것 같았다. 과장도 말이 없었다.

우리는 한 주를 기다리다가 후배의 짐을 싸서 고향 집으로
부쳤다. 옷가지들, 보험증서, 통장, 마술 용품 들이었다. 보내고
나서 다시 한 주를 기다렸지만 고향 집에서도 연락이 오지 않
았다.

얼마 후 나는 월차를 냈다. 그러곤 청소 시간에 맞춰 이 층
주택의 작업실로 갔다. 그러곤 전처럼 여자의 손에서 싸리비를
빼앗아 바닥 청소를 해준 다음, 찻집에 가서 잠깐 차를 마실 수
있겠느냐고 물었다. 여자는 그럼 찻값을 낼 거냐고 했고 나는

진지한 얼굴로 그렇다고 했다.

화창하고 맑고 청결한 날이었다. 웨이터도 웃는 얼굴이었다. 여자는 까르르 웃었다. 나 역시 잡다한 사건 이야기를 늘어놓으며 변함없이 어릿광대처럼 여자 앞에 앉아 있었다.

"그런 일이 있었군요. 어느 화랑이죠?"

"저 골목 너머에 있는데…… 이젠 전시회도 안 갑니다."

"어머 어쩌나. 내 전시도 있는데."

"그래요?"

"두 달만 있으면 전시회가 있을 거예요. 이 동네는 아니지만. 인사동에서."

나는 내 낯빛이 어두워지고 있는 걸 느꼈다.

"주소를 주면 팸플릿을 보내드릴게요."

하지만 내게 제대로 된 주소가 있을 리 없었다.

"아…… 제가 어찌 될지 몰라서요."

여자는 그저 예의상 그랬다는 듯이 주소 얘기는 다시 꺼내지 않았다.

"내가 종잇장처럼 얇다고 하셨나요?"

"그래요."

여자는 자기가 말랐다는 얘기는 종종 듣지만 그런 표현을 쓴 건 내가 처음이라고 했다. 나는 내가 평소 서류 뭉치를 취급하는 일을 하기 때문에 그런 느낌이 든 것 같다고 했다.

"신경이 쓰여요. 종이처럼 구겨질까 봐, 찢어질까 봐. 커피에 손가락을 담가보세요. 어디 흐물흐물해지나 안 흐물흐물해지나 보게."

"굳이 뭐."

여자는 혀를 한 번 차더니, 내가 내민 찻잔에 정말로 손가락 두 개를 담갔다 뺐다. 젖기는 했어도 종이처럼 흐물흐물해지진 않았다. 갈색 물이 들지도 않았다. 옅은 기름기가 커피 물면에 떴다. 커피에서 화장품 내가 날 것 같았다.

"어쩐지 좀 달라지신 것 같아요. 저번에 봤을 때 하고."

여자는 손가락을 냅킨에 닦으며 이 장난이 재미있다는 듯이 웃으며 말했다. 달라지다, 나는 이 말이 무슨 뜻인지 알고 있었다. 나도 그렇게 생각하고 있었다. 나는 이쪽 강남 기숙사로 이사 오기 이전으로, 화랑이니 전시회니 작업실이니 하는 것들을 알기 이전으로 돌아가고 있었다. 다시 한 번 변하고 있었다. 파스텔 톤의 셔츠는 흰색 와이셔츠로 바뀌었고 암청색 계열의 민무늬 넥타이를 매고, 회색 정장 바지에 운동화는 벗어버리고 라이트 브라운 색깔의 윙팁구두를 신고 있었다.

"아, 맞아요. 업무에 옷차림을 맞추는 거죠."

그리고 나는 이런 변화가 언젠가는 나를 미치게 할 것이라고 했다.

여자의 집안 이야기도 잠깐 들을 수 있었다. 최근에 아버지가 지방 도시의 경찰 서장으로 은퇴를 했고 어머니는 부동산 임대업을 하며 동생은 스웨덴으로 유학을 가서 아예 소식을 끊고 지내고 있다고 했다. 그리고 자기는 원래 중학교 수학 선생이었는데 이태 만에 그림 그리는 일로 전직을 했다고 했다. 그러고 보니 기억이 나는데, 하고 여자는 잠깐 머뭇거렸다.

재채기에 관한 얘기였다. 자기가 고등학생에서 대학생에 이르는 시기에 아버지가 시위 현장에서 진압작전 지휘를 하곤 했는데, 늦은 저녁이면 아버지가 집으로 묻혀 들여온 최루가스 분말 때문에 온 가족이 매운 재채기를 하곤 했다고 했다.

"하지만 꽤 오래전 일인데. 게다가 서울 소재 집도 아니었고."

그게 내 재채기의 원인일 거라는 생각은 들지 않았다. 하지만 최루가스에 대해서라면 나도 할 말이 있었다.

"맞아요. 저도 그런 재채기는 오래전에 해봤지요."

나는 최루탄이 길게 흰 꼬리를 뽑으며 수백 개씩 퍼런 하늘을 가로지르며 날아다니던 때를 떠올리며 잠깐 상념에 잠겼다. 나는 그 최루탄의 폭주 아래서 콧잔등에 수건을 두르고 화염병에 불을 붙이고 있었다.

그건 이미 오래전 일이었다. 그때의 내가 낯모르는 누군가처럼 느껴졌다. 나는 그때보다 더 형편없이 살고 있었다. 다시금 코끝이 간질간질해졌다.

"어떤 사람이 불행을 겪는 데엔 노력이 필요 없어요. 연기할 때처럼 리허설도 필요 없고."

"예?"

나는 여자가 전에 어떤 영화에 대해 이야기하며 했던 말에 대한 내 생각을 들려주고 있었다.

"굳이 노력을 하지 않아도 세상이 그리 만들어놓지요."

며칠 후 우리의 기숙사 생활도 끝장이 났다. 과장은 대전으로 발령이 났고 하나 남은 후배는 회사를 옮겼으며 나는 다른 팀에 합류해 일산으로 기숙사가 바뀌었다. 우리가 쓰던 빌라는 팔렸다. 나는 전날 저녁에 연락을 받고 아침 일찍 짐을 꾸려서 떠나야 했다. 작업실에 들러 인사를 할 짬도 없었다. 전화번호를 알고 있는 것도 아니니 전화를 할 수도 없는 노릇이었다.

화랑 거리를 어슬렁거리는 취미는 버린 지 오래지만 그래도 인터넷 포털 사이트에 뜬 전시회 기사는 종종 읽는다. 생각 없이, 그저 손 가는 대로 클릭해서. 작업실 여자의 인상은 전체적으로 기억에서 흐릿해졌지만 보호본능을 일으키곤 했다는 기억만은 아직 남아 있다. 그건 여자들이 부리는 마술이다. 아마 지금이라도 마음만 내킨다면 그 이 층 주택을 다시 찾아가볼 수 있을 것이다.

그리고 파산하거나 결혼이라도 해 작업실을 옮기지만 않았다면 그 여자도 다시 볼 수 있겠지, 하는 생각을 가끔 한다.

재채기도. 때로는 재채기도 그립다.

항구적이며 정당하고
포괄적인 평화

우리는 이것이 그저 놀이겠거니 했다. 놀이가 아닐 이유가 딱히 없었다. 그것도 익숙해질 대로 익숙해진 놀이. 나만 해도 육년째 이렇게 놀고 있다. 나는 바야흐로 이 놀이에 임할 때 무엇부터 해야 할지 알고 있다. 다리를 뻗고 편히 누워 한숨 잘 수 있는 반송 그늘을 먼저 찜해두는 것이다. 등을 기댈 수 있는 조경용 바위나 나무 벤치가 딸려 있다면 더할 나위가 없다. 쓸 만한 자리를 차지했다면 입에선 이런 신음이 절로 흘러나오게 된다, 아…… 졸려.

하지만 예비군 훈련을 하는 근린공원이 모든 점에서 만족스러운 놀이터는 아니다. 여기엔 적도 있다.

"저리 가."

나는 아이들을 향해 나지막이 으르렁거렸다. 아이들은 아까부터 열 발짝 정도 거리를 유지하고 서선, 반송 그늘에 누워 잠을 청하고 있는 우리를 주시하고 있다. 공원 옆에 붙어 있는 초등학교의 학생들이다.

"저리 가란 말이야."

나는 어느새 자동소총의 총열을 향해 손가락을 뻗고 있는 한 아이의 손등을 살짝 쳐내며 다시 한 번 으르렁거렸다.

"아저씨, 이거 진짜 총 맞아요?"

아이는 호시탐탐 기회를 노리고 있다. 아이는 방아쇠에 손가락을 걸어보고 싶어 안달이다. 저리 안 가? 나는 계속 으르렁댔다. 내 으르렁 소리에 뭔가 단호함이나 어른의 권위 같은 게 묻어 있는지 궁금했지만 잘 알 수 없었다.

"저리들 안 가!"

나는 큰 소리를 냈다. 새하얀 얼굴 대여섯 개가 놀라서 눈을 똥그랗게 떴다. 방아쇠에 손가락을 걸어보고 싶어 하던 아이는 이제 몇 발짝 물러나 스낵 봉지에 손을 넣은 채 나를 흘겨보고 있다. 학교가 벌써 끝났어? 예! 아이들은 일제히 소리를 질렀다.

아이들은 원망하는 표정으로 입꼬리를 말며 가버렸지만, 따사로운 오후의 내 졸음까지 함께 가져가버렸다. 간만에 자연광을 아래서 오수를 즐길 기회를 아이들이 앗아간 것이다.

시간이 되었다. 소대장이 우리를 불러 모았다. 그는 조금 전까지 저편 벤치에 누워 이어폰을 끼고 발장단을 치고 있었다.

하사 출신이다. 나는 그를 안다. 총기를 반납하고 군복을 벗으면 그는 어엿한 비디오 대여점 사장이 된다. 가끔 본다. 동네 고깃집에서 그의 와이프와 함께 셋이 삼겹살을 구워 먹은 적도 있다. 그는 모이라고 한마디 하고는 입을 다물어버렸다.

우리는 근린공원 여기저기서 뭉그적뭉그적 기어 나왔다. 벤치에서 잔디밭에서 화장실에서 시소에서 그네에서. 그러곤 소대장 앞에 한껏 느슨한 자세로 모여 섰다. 우리 아파트 단지 남성들이 조금이라도 불량스럽고 불온해 보일 때는 이때뿐이다. 일년에 두어 번, 예비군 훈련 때뿐이다. 평소에는 반듯한 자세로 킴스클럽에서 장을 보거나 개를 산책시키거나 유모차를 끌고 공원에 나와 바람을 쐬거나 한다. 평소에는 아무리 가래가 끓어도 침도 아무 데나 뱉지 않는다.

"자, 이제부터 배치를 할 테니 잘 들으세요."

소대장은 진지표를 들고 호명을 했다.

하지만 우리는 듣는 둥 마는 둥했다. 공원에 임시로 꾸려진 손바닥만 한 진지에 배치하고 말고가 어디 있는가. 일없이 마대에 기대앉아 담배나 피우고 신문이나 읽고 그럴 뿐이다.

"한 분이 없네요."

소대장은 우리를 쭉 둘러보며 중얼거렸다. 아무개 씨, 하고 약간 소리를 높여본다.

"집에 갔나 보군."

예비역 공군 병장이 말했다. 그는 아까부터 휴대전화를 귓불에 붙여놓다시피 하고 있었다. 업무 전화인 듯했다. 아까는 브라질에서 무슨 선적 이야기를 하다가 문득, 내가 입 다물고 있는 건 다 당신들을 배려해서야, 하고 소리를 높이기도 했다. 뭐에 대해서냐고? 이 양반이, 몰라서 물어?

소대장은 배치를 계속했다. 아홉 명이나 되는 우리가 채 삼 평방미터도 되지 않는 진지에 모두 들어갈 순 없다. 그는 삼십 분 간격으로 다섯씩 돌아가며 있으라고 했다. 지시하는 말투는 아니었다. 부탁도 아니고, 그저 건조하게 훈련 교재에 나온 지시문을 읽어 내려가는 투였다. 소대장은 내 이름을 불렀다. 그러곤 네 명을 더 불렀다.

"여기 계세요."

우리가 꼼짝도 않고 있자 소대장이 진지를 가리키며 다시 말했다.

"여기 계시면 됩니다. 다른 분들은 그동안 쉬시면 됩니다."

"진심입니까?"

역시 하사 출신인 누군가가 얼른 목소리로 물었다. 모두가 웃었다. 소대장도 웃었다.

"십칠 시까지예요. 한 시간 남았습니다."

그게 우리에게 주어진 오늘의 임무였다. 그거라도 있으니 다행이라고 나는 생각했다.

우리는 네 겹으로 쌓아놓은 진지 모래 마대에 등을 기대고 앉았다. 총은 아이들이 달려들어 만지지 못하도록 총구를 보이지 않게 해서 세워놓았다. 진지는 역시 좁았다. 다섯이 배치됐지만 해군 상병 출신은 잔디밭 반송 그늘로 돌아갔다. 공군 병장은 다시 전화를 걸기 시작했다. 다른 병장 하나는 신문을 읽기 시작했고 또 다른 상병 하나는 이어폰을 끼고 음악을 듣기 시작했다. 나는 군모 챙을 깊숙이 눌러쓰곤 아까 놓친 졸음을 되찾기 위해 다시 자세를 잡았다. 늦봄 십육 시의 햇볕이 따스하게 몸을 달구었다. 나는 한 팔로 자동소총의 총신을 감아 안곤 눈을 감았다.

예비군 동대장 아저씨의 목소리가 들렸다. 일어나요, 뭐 하는 겁니까. 쉰이 갓 됐거나 아니면 쉰을 약간 넘긴 나이의 동대장이었다. 그의 탁음을 듣는 것도 벌써 육 년째다. 그는 아무 데나 퍼질러져 낮잠을 자거나 걸핏하면 총을 멘 채 집으로 가버리는 우리 때문에 육 년 동안 매 훈련 때마다 화를 냈다.

동대장은 하나 마나 한 독려를 몇 분이고 계속했다. 본부에서 누가 왔다 가지 않았느냐고 큰 소리로 소대장에게 묻기도 한다. 머릿수를 세어보고는 셋이 비자 속이 타는지 허벅지를 문지르며 혀를 끌끌 찼다.

"앉아쏴 자세를 하는 겁니다."

나는 시키는 대로 한다. 그렇지만 진지 안의 넷이 모두 그러지는 않는다. 모두가 제멋대로고 보조가 맞지 않는다. 어쩌면 놀이가 파할 때까지도 우리 넷은 앉아쏴 자세를 완수하지 못할

지도 모른다.

"그런데 어디를 겨눕니까?"

나는 내 총의 총구가 공원 식수대를 향하고 있는 것을 본다. 일부러 겨눈 것은 아니다.

"그것까지 내가 얘기해줘야 합니까?"

동대장은 북한 침투부대원을 겨누고 있다고 생각하세요, 하고 덧붙였다.

"여러분은 과천 정부 청사에 배치될지도 모릅니다. 거기, 요충지예요."

동대장은 십칠 시까지만 참으세요, 하고 지시를 내리고는 가버렸다.

나는 총을 내리고 다시 마대에 등을 기대어 앉았다. 신문을 들고 나오지 않은 것이 후회가 된다. 다른 때처럼 가까운 식당에 가 찌개라도 사 먹을까 했지만 오늘은 시장기도 없다. 작년 훈련 때엔 여고생들과 시간을 죽였다. 근린공원 옆에는 중학교와 고등학교도 있었다. 그 불량 여고생들에게 내 파코라반 담배를 한 개비씩 나눠주고 불을 붙여주며 사는 이야기를 들어줬다. 여고생들은 들깨 맛이 나는 파코라반을 좋아했다. 그녀들은 예비군이란 게 우리나라에만 있는 진기한 것인 줄 알고 있었다. 그녀들 역시 총을 만져보고 싶어 했다.

오늘은 초등학생들뿐이다. 다시 돌아온 녀석들은 이번에는 저편 벤치에서 소대장을 포위하곤 호시탐탐 기회를 엿보고 있다. 소대장은 아직 눈치를 채지 못했는지 고개를 숙인 채 발장단에 열중하고 있다. 이 쇠뭉치가 실제로 어떤 감촉을 갖고 있는지 알고 싶은 거라면 서둘 필요는 없다. 나이 들어 입영하고 나면 지겹도록 만지게 될 테니까.

공군 병장은 휴대전화를 아예 집어삼킬 듯하고 있었다. 그게 어디 막는다고 막아질 일이냐고요. 간신히 알아들을 수 있을 정도로 있는 힘껏 목소리를 억제하고 있었다. 핸들링 차지를 내지 않으면 선적을 못 하겠다는데, 여기서 어음을 틀어막는다손 치고 거기는 또 어떻게 할 거냐고요. 그의 이마에 힘줄이 드러나 있었다. 있는 대로 목소리 톤을 억눌러가며 악을 쓰고 있었다.

나는 군모를 고쳐 쓰고는 다시 앉아쳐침 자세를 취했다. 군대에서 초소 경비를 설 때는 잠들기 위해 애써 자세를 취하거나 할 필요가 없었다. 그냥 앉아서 총을 가슴에 앉고 눈을 감기만 하면 되었다. 그때는 서서도 잘 수 있었다.

아주 짧은 시간, 불과 몇 분 지나지 않은 것 같은데, 뺨에서 열기가 느껴졌다. 한여름 뙤약볕 같았다. 계절이 우리를 끌고 봄에서 여름으로 두어 달쯤 건너뛴 것 같았다. 둘러보니 다들 뺨이 붉게 달아올라 있다. 흘러내린 땀에 목덜미가 축축했다. 앞머리를 적시던 땀방울이 흘러내려 어느새 코끝에 맺혀 있다. 군모 속이 불을 지핀 것처럼 열기로 뜨거웠다. 나는 군모를 벗었다. 화끈거리지 않는 것은 챙 그늘에 가려져 있던 이마뿐이다.

총구가 진지 바깥을 향하고 있었다. 이게 뭐지, 하고 문득 정신을 차려보니 나는 거의 완벽한 앉아쏴 자세를 취하고 있었다. 앉아쏴 자세로 목재 정글짐에 박힌 옹이들 중 하나를 조준하고 있었다. 벽돌색 옹이였다. 잔뜩 긴장한 것처럼 등을 구부리고 어깨를 움츠린 채 목을 짧게 집어넣고 있었다.

입술이 탔다. 공군 병장의 넓적다리가 무릎에 와 닿았다. 그와 나는 그의 날숨에서 구취가 맡아질 정도로 가까이 붙어 있었다. 그러고 보니 소대원 전부가 진지 안에 들어와 앉아쏴 자세를 취하고 있다. 넷도 아닌 뺨이 붉게 단 아홉 명 모두가 다닥다닥 붙어 앉아 총구를 진지 바깥으로 내놓고 있다.

"이럴 수는 없어."

나는 흥분해서 중얼거린다. 하지만 그 순간에도 가늠쇠에서 눈을 떼지 않고 있었다. 턱이 총신에 붙어버린 듯했다. 나는 여전히 정글짐의 옹이 하나를 겨누고 있었다. 얼마나 집중했던지 옹이가 집채만 해 보였다.

"왜 이러고 있는 거야?"

나는 다시 중얼거린다. 이번에도 대꾸는 없다.

아이들의 재잘거리는 목소리도 들려오지 않는다. 동네 아주머니들의 시선도 느껴지지 않는다. 사위에 한여름의 뙤약볕, 뙤약볕뿐이었다. 그리고 공군 병장의 구취와 나의 땀냄새.

나는 현역병이었을 때도 이렇게 훈련에 열중하지 않았다. 집총 훈련은 내게 나이트클럽의 막춤이나 다름없었다. 사격 훈련은 되는대로 했다. 중대장은 대충 놀림거리였다. 그런데 지금 나는 호흡까지 조심스레 고르고 있다. 이런 건 내가 바란 놀이가 아니다.

땀에 젖은 군복이 등에 착 달라붙었다. 불평이라도 한마디 해야 정상이겠지만 그럴 여유를 부릴 상황은 아닌 것처럼 보인다. 확실히 그래 보인다. 그렇지만 바보처럼 옹이를 겨누는 것 말고 또 무언가 다른 게 있는 상황도 아닌 듯했다.

나는 진지 밖으로 총구를 비죽이 내밀고 벽돌색 옹이를 쏘아보는 데에 온 정신을 집중하고 있었다.

"이봐요."

공군 병장이 팔꿈치로 가볍게 치며 말했다. 흘겨보니 그 역시 말하는 중에도 가늠쇠에서 눈을 떼지 않고 있었다.

"그쪽은 아니에요."

"예?"

그와 나는 마치 속삭이듯 말하고 있었다.

"그쪽엔 아무것도 없어요."

하지만 그가 겨누고 있는 쪽에도 뭔가 특별한 게 있어 보이진 않는다. 시소와 철봉이 있고 그 너머로 잔디밭과 반송 몇 그루, 그리고 멀리 초등학교의 붉은색 건물이 있다. 그늘이 좀 있긴 한데 누군가 숨기엔 속이 너무 환히 들여다보이는 그늘이었다.

"좀더 기다려보죠."

나는 내가 겨눈 쪽에 아무것도 없다는 말에 자존심이 상했다. 그래서 입을 다물었다.

진지 안의 우리 아홉이 제각기 다른 방향을 겨누고 있었다. 그러면서도 모두가, 겨눌 표적은 온 세상에 저것 하나라는 듯 신경을 집중하고 있었다.

뙤약볕은 도저히 늦봄 십칠 시의 것이라고는 할 수 없는 세기로 내리쬐고 있었다. 열기라고 해도 좋았다. 땀에 먹을 감는 듯했다. 이마와 뺨이 덴 것처럼 후끈거리고 쓰라려왔다. 이 계절의 십칠 시면 뉘엿뉘엿 해가 떨어질 시간이다. 알 수가 없었다. 하지만 그것도 지금 이 상황의 다른 모든 알 수 없는 일들에 비하면 하찮은 것이다.

나는 잠시 숨을 돌릴 만큼의 여유도 없다는 데 당황하고 있었다. 이게 장난이 아니었나? 놀이가 아니었어? 이게 말이나 돼?

점점 긴장이 심해져서 나는 내 자동소총에 탄창이 꽂혀 있는지, 꽂혀 있다면 그것이 꽉 차 있는지 아닌지 확인할 엄두도 내지 못하고 있었다. 당연히 실탄 지급은 없었을 것이다. 암, 당연히 그렇지. 하지만 생각은 그러면서도 내 손은 자꾸 방아쇠에서 미끄러져 앞쪽을 더듬으려 하고 있다.

내가 이제껏 겪어보지 못한 어떤 것이, 어떤 강력한 것이 나를 얼어붙게 만들고 있었다. 나는, 우리는, 탄창이 있건 없건 단호하게 앉아쏴 자세를 취하고선 저마다 정한 표적을 겨누고 있다.

"두 시 방향에 계신 분들."

소대장의 목소리가 나지막이 들렸다.

"예."

"예."

등 뒤에서 대답이 들렸다.

"두 분은 신호줄에 주의해주세요."

"예."

"예."

신호줄이라니. 신호줄이 흔들리면 발포라도 해야 한다는 말일까.

나는 소대장이 말한 신호줄이 어떤 것인지 알고 있었다. 실 몇 가닥을 나무 두어 그루에 걸쳐 늘어뜨려놓은 것이었다. 동대장이 작년인가 말했었다. 이게 신호줄입니다, 흔들리면 경우에 따라 발포하시면 됩니다, 하고. 실전이라면 대인지뢰인 크레모아를 터뜨리는 게 되겠지만, 하고.

하지만 크레모아는커녕 탄창도 지급되지 않았다. 여기는 전장이 아니라 아파트 단지의 근린공원인 것이다. 어처구니없긴 수류탄 처리구도 마찬가지다. 동대장은 내 발밑을 지목하며 수류탄이 날아들면 여기에 굴려 넣으세요, 하고 말했었다. 하지만 내 발밑은 그저 밋밋하고 편평한 모래 바닥이었다. 가끔씩 개들이 와서 뒹구는.

그런데 소대장도 수류탄 처리구에 대해 말하고 있다.

"수류탄 처리구 맡으신 분, 준비하세요."

소대장의 목소리는 비장하게 들렸다. 그런데도 웃기지 않았다. 아무도 웃지 않았다. 나는 예, 했다.

"예."

나는 틀림없이 예,라고 답했다. 나는 이제 수류탄이 날아들면 그것을 받아, 내 발밑의 있지도 않은 수류탄 처리구에 던져 넣어야 한다. 실수가 용납되지 않는 임무다. 총을 메고 집에 가버린 그 친구가 갑자기 떠올랐다. 지금쯤 늘어지게 낮잠을 즐기고 있겠지.

"너무 덥군."

옆의 공군 병장이 입을 열었다. 그의 목소리가 그렇게 반가울 수가 없었다.

"그래, 너무 더워."

등 뒤에서 다른 목소리가 받았다.

"여름이 일찍 찾아오려나 봐."

"지금이 여름 아닌가."

"그렇긴 하지만 이만치 더울 정도는 아니지."

나직나직하긴 했지만 날씨에 대해 다들 한마디씩 했다. 참다 못해 나도 한마디 거들었다.

"십칠 시가 거의 된 것 같은데 아직 한낮 같아요. 해가 안 지네요."

하지만 다들, 그런 따윈 지금 이 상황의 다른 모든 알 수 없는 일들에 비하면 아무것도 아니라는 듯 다시 입을 다물고 침묵을 이어나갔다.

침묵이 나를 더 긴장하게 했다. 모종의 때가 가까이 왔음이 느껴졌다. 나는 할 수 있는 한 깊숙이 몸을 움츠렸다. 검지가 본능적으로 움직였다. 나는 어깨에서 힘을 빼곤 검지를 가만히 방아쇠에 올려놓았다.

그때 소대장의 낮고 가늘지만 강단 있는 목소리가 들려왔다.

"신호줄이 움직였어요."

감당하기 힘든 커다란 정적이 내 양쪽 귀를 뚫고 지나갔다.

잠시 후, 기이하게도 내 머릿속에 떠오른 것은 평화라는 단어였다. 그건 마치, 사전적 의미와는 무관하게, 내가 아직 겪어보지 못한 내 삶의 모든 미지의 경우들을 통칭하고 있는 것만 같이 느껴졌다.

나는 총구를 진지 밖으로 길쭉하게 내밀었다. 옹이가 집채만 해 보였다. 옹이가 바로 내 코앞 일 센티미터까지 달려들고 있었다.

하지만 표적은 바뀌게 될 것이다. 그것이 무엇이 될지는 곧 알게 되겠지. 이 놀이의 궁극적인 목적이 무엇인지 알게 되겠지.

소대장이 한 번 더 긴장시켰다. 이마와 두 뺨이 뙤약볕 아래서 마침내 폭발할 시점이라도 맞이한 듯 화끈하게 달아올랐다. 그가 외쳤다.

"자, 이제 놀기 시작합시다."

시속 팔백 킬로미터

이렇게 속도를 내는 건 좋지 않다. 세상에 광속으로 달려야 할 만치 바쁜 일이 무엇이 있단 말인가. 적어도 나의 경우는 아니다. 나는 이미 한참 전에 운전자에게 주의를 주었다. 이건 앰뷸런스가 아니잖아요, 하고. 나는 언젠가 시속 백육십 킬로미터로 달리는 앰뷸런스에 타본 적이 있다. 그놈은 서울 강동구의 변두리에서 경기도 안양의 신도시까지 그 먼 거리를 이십 분만에 주파했다. 지금도 그때를 생각하면 가슴이 서늘해진다.

천천히 달리자는 내 말을 운전자는 무시하고 있다. 운전자의 얼굴은 여기에서 보이지 않는다. 백미러에는 그의 이마만이 비친다. 앞머리가 벗겨졌다. 살이 두툼하게 올랐고 윤기가 흐른다. 평소 같으면 반들거리는 앞이마를 보며 나는 웃었을 것이다. 하지만 지금은 그럴 여유가 없다. 나는 이 오싹할 정도로 속도를 내고 있는 운전자의 표정을 확인하고 싶다.

내 상상 속에서 차체가 길쭉이 늘어나고 운전석이 멀리 달아나고 있다. 운전석이, 하얗게 바래가는 터널 같은 시야 저 끝에서 조그마해져선 홀로 달려가고 있다. 소실점에 가까워지고 있다.

모든 것이 소실되는 어느 한 점, 블랙홀의 핵.

내 상상은 과장되긴 했지만 이 속도로 계속 달리다가는 곧 모두가 도로 위에서 사라지는 꼴을 보게 될 것이다. 차도, 운전자도, 나도.

속도가 얼마인지는 알 수 없다. 속도계는 영을 가리키고 있다. 바늘은 영점에 닿은 채로, 차체의 진동을 측정하는 아날로그 진동계의 바늘인 것처럼 파르르 떨기만 한다. 망가졌다. 속도계로 가는 전원선이나 신호선 둘 중 하나가 끊긴 것이다. 둘 다 끊긴 것일 수도 있다. 아니면 속도가 한계점을 넘어 죽어라 올라간 탓에 바늘의 축이 부러진 것일 수도 있다.

그래, 그렇다. 이 차는 비행기만큼이나 빨리 달린다. 구름 속을 날 때의 비행기의 속도로 달린다. 차창이 모두 닫혀 있어서 그렇지, 일 센티미터만 열려 있어도 나는 두 볼이 떨려서 말도 제대로 못할 것이다. 혀가 부르르 떨려서 비명도 지르지 못할 것이다. 어깨는 뒤로 젖혀져선 옴짝달싹할 수 없게 좌석 등받이에 고정되다시피 할 것이고 이마는 한 대 맞은 것처럼 붉게 달아오를 것이다.

하지만 말로는 이 속도를 제대로 표현해낼 수 없다는 생각이 든다. 말은 일찌감치 추월당해버린 것 같다. 어찌나 추월당했는지, 내 말이 두 살배기의 옹알이 수준으로 퇴행해버린 것 같다. 그만큼 이 택시는 빠르고 모든 걸 추월해버리고 있다.

나는 언젠가 초고속으로 도시 상공을 질주하는 전투 비행정에 대해서 쓴 적이 있다. 미래의 도시와 가상 사막에서 벌어지는 사건을 다룬 공상과학 소설이었다. 비행정은 하얀 모래바람을 일으키며 사막의 경계를 뚫고 도심을 가로질렀다. 초고속으로 러시했다.

하지만 나는 내가 생전에 그런 초고속 비행정을 볼 수 있으리라곤 기대하지 않는다. 그런 게 광화문이나 강남대로의 하늘 위를 떠다니는 걸 살아서 볼 수 있을 것 같지 않다. 그래서 그런 걸 쓴 것이다. 살아서 내가 쓴 거짓말에 책임을 지지 않아도 될 것 같으니까.

미래의 어느 시점. 이 인용 비행정이 정원을 가로질러 굉음을 내며 날아가고 거실 창은 부르르 떨린다. 이어서 한 대가 더, 두 대가 더, 세 대가……

하지만 지금 이 상황은 거짓말이 아니다. 나는 피곤하고, 피곤한 사람은 원래 거짓말을 잘하지 못하는 법이다.

차창 밖 풍경도 처음 올라탔을 때와는 확연히 다르다. 처음엔 차창 밖의 모든 것이 분명했다. 도심에서 약간 벗어난 변두리의 흔한 풍경이었다. 슈퍼마켓이 딸린 농협 건물, 중국 음식점, 카센터, 벤치가 놓인 버스 정류장, 타일의 붉은빛이 바래가는 빌라 단지. 캐러멜 빛깔 얼굴의 외국인 몇이 길을 건너고 있고, 가까운 곳에선 회오리바람을 타고 먼지들이 치솟고 있었다.

그때는 차창 밖으로 무엇이 지나가는지 명확히 보였다. 하지만 지금은, 엄밀히 말해 그게 차창 밖인지도 모르겠지만, 누군가 수백 가지 색상의 페인트를 섞어 마구 휘저은 다음 차창 유리에 냅다 끼얹어놓은 형상을 하고 있다. 차창 밖 풍경은 뭉개지고 흩어지고 뒤섞여선 차창에 찰싹 달라붙어버린 같다. 그것들은 초 단위 이하로 빠르게 변화하지만, 결국 분별할 수 없는 형태들의 끝없는 연속이다. 같은 형태는 하나도 없지만, 그것들은 결국 한결같다.

어쩌다 이렇게 됐을까. 담배라도 피우고 싶지만 턱이 떨려서 필터를 제대로 물고 있을 수가 없다. 몇 번이나 시도해보았지만 바지와 좌석 시트에 작은 구멍 몇 개만 났을 뿐이다. 어쩌다 이 지경이 됐을까.

그녀는 내게 분명히 말했다. 이제 그만해,라고.

"이제 그만하란 말이야."

"뭘 그만해?"

"넌 너무 많이 썼어."

그녀는 자판 위에서 캉캉을 추고 있는 내 손가락들을 보고 있었다.

"봐, 지금도 횡설수설하고 있잖아."

"내가 그래?"

나는 그녀가 무엇을 가지고 그런 힐난을 하는지 알 수가 없었다. 요즘 부쩍 그녀는 내게 우호적이지 않았다.

"넌 아주 조금밖엔 남지 않았어."

그녀의 목소리는 준엄했다, 마치 판결문이라도 읽는 것인 양.

"뭐?"

나는 길게 생각해볼 것도 없이 드디어 때가 온 것이 아닌가, 하고 생각했다.

"아주 조금밖엔 남지 않았다니까."

그녀는 혀를 찼다.

"무슨 소리야?"

손가락들은 자판 위에서 여전히 캉캉을 추고 있고 나는 무슨 힐난이든 아랑곳없다는 표정을 짓고 있었지만, 그러면서도 어렴풋이 깨닫고 있었다.

나는 서서히 깨닫고 있었다, 내가 지난 십 년간 자판에 쏟아부은 게 무엇이었는지.

나는 얼떨떨한 얼굴로 그녀를 쳐다보았다. 그녀는 거봐라, 내 말이 맞지? 하는 표정을 짓고 있었다.

그녀는 나를 향해 손을 활짝 편 다음 한쪽 눈을 윙크하듯 감으며 엄지와 검지를 조금 구부려 모았다. 눈대중으로 무언가의 크기를 잴 때 하는 동작이었다. 그녀는 웃고 있었다. 그녀는 다른 한 손으로 구부러진 두 손가락의 사이를 가리켰다. 똑똑히 봐두라는 듯이.

나는 똑똑히 봐두었다. 엄지 끝과 검지 끝은 겨우 이 센티미터쯤 벌어져 있었다. 눈대중으로 측정된 나의 크기는 겨우 이 센티미터였다.

"아."

아, 하고 입이 벌어졌다. 그 와중에도 내 손가락들은 여전히 캉캉을 추고 있었다.

"그렇군. 제대로 본 거야."

내가 고개를 끄덕였다.

그녀는 다시금 준엄한 목소리로, 곧 악마의 콜택시가 도착할 것이라고 했다. 악마의 콜택시는 말할 것도 없이, 행선지가 종종 불분명할뿐더러 이따금 세상을 악마의 속도로 폭주하게 만드는 것으로 유명했다.

"나도 이렇게까지 하고 싶진 않아, 하지만 우리는 더 이상……"

그녀의 목소리는 마치 판결을 마친 뒤에 형량을 선고하는 단호한 목소리처럼 들렸다. 그녀는 고개를 돌려 창밖을 바라보았다. 그녀 뺨은 붉게 물들고 있었다. 경적 소리가 들려왔다.

"걱정 마, 택시비는 내가 낼게."

그녀는 정말 그런 것 따위가 중요하다는 투로 말했다.

나는 마침내 자판에서 손을 뗐다. 지난 십 년 동안 단 일 분도, 단 일 초도 떼지 않던 손가락들이었다.

"때가 왔군!"

나는 겨우 이 센티미터 정도밖엔 남지 않는 몸으로, 온몸으로 울부짖었다.

"때가 왔어!"

그렇다, 나는 언젠가 그녀가 나를 미련 없이 창밖으로 집어던져버릴 거라고 거의 확신하고 있었다.

그녀는 엄지와 검지로 몹쓸 벌레라도 되는 양 나를 집어 올리더니, 창문을 열고 정말로 밖으로 집어던졌다. 미리 얘기가 되어 있었는지 콜택시의 뒷좌석 창문이 내려져 있었다. 나는 한참 허공을 날아 콜택시의 좌석 쿠션으로 굴러떨어졌다.

지난 몇주 동안 그녀는 아침 여섯 시면 땅콩 그릇을 들고 주방 창가에 뻣뻣이 서 있곤 했다. 나는 창밖에 모여든 새들에게 모이를 주는 거라고 생각했었다. 하지만 이제 확실히 알겠다, 그게 과연 무엇을 연습하고 있던 것이었는지를.

"잘 가."

그녀는 말했다.

"넌 널 너무 써버렸어, 널 너무 쏟아버렸어."

그녀를 탓할 수는 없는 노릇이었다. 나라도 그랬을 것이었다. 이제 이 센티미터 정도밖엔 남지 않은 동거인과 그녀가 무엇을 할 수 있단 말인가. 그리고……

체감 속도는 내가 감당할 수 없는 수준에 이르렀다. 운전석은 완전히 시야에서 멀어져버렸다. 구토가 나고 혼절할 지경이지만 세워달라고 말조차 걸 수 없다. 나는 택시 뒷좌석 쿠션과 쿠션 사이, 그 깊은 나락으로 먼지처럼 떨어져 박혔다.

"시속 팔백 킬로미터."

나는 희미해져가는 의식으로 중얼거렸다.

"너무 빠른 건 건강에 좋지 않아. 누가 내 아내에게 전해주겠어?"

사랑과 증오의
이모티콘

기본형 ˙:˙는 어떻게 획득되었는가

이모티콘이 언제 처음 등장했는지는 모르겠지만 그것에 처음 흥미를 갖게 된 때는 기억하고 있다. 소설가들을 위한 어느 사이트에서였는데 내가 잠깐, 아마 한 달이나 두 달 정도 게시판의 관리자로 일하게 되었다. 십 년도 더 된 일이다. 나는 매일 밤낮으로 그 게시판을 들여다보면서 서른 살의 나이를 맞이했다.

그 사이트는 배를 곯기 일쑤인 소설가들의 권익 보호와 평소 교류가 별로 없는 수줍은 소설가들을 위한 친목 도모가 목적이었는데 일 년도 채 되지 않아 문을 닫고 말았다. 내겐 이유도 알려주지 않았다. 별로 알고 싶지도 않았다.

이모티콘에 대해 흥미를 갖게 된 건 그때였다. 게시판에 글을 쓰면서 마침표만으로 끝을 내는 건 아무래도 심심하지 않냐는 생각에 나는 간단한 도상들을 덧붙이기 시작했다. ^.^ 나 -.-

같은. 그래도 어디서 본 건 있어서, 그런 걸 덧붙이면 사이트를 찾아온 독자들에게 더 친근하게 다가갈 수 있을 거라고 내심 기대까지 하고 있었다.

먼저 이모티콘의 기본형이 무엇인지 얘기해보자. 내 생각에 그건 ·· 일 것이다. 채팅창이나 게시판에서 글 쓰는 이의 현재 심경을 기쁘다, 기분 나쁘다, 좋다, 슬프다, 하는 식으로 길게 늘여 쓰는 대신 축약된 형태로, 그리고 자신이 바로 앞에 있어 상대가 표정을 보고 이야기하는 느낌을 가질 수 있도록 >.< -.- ^.^ ㅜ.ㅜ를 쓰는 것이 이모티콘이라면 그 기본형은 ·· 일 것이다. 표정 없음 말이다. 두 눈과 입뿐인 기본형으로부터 시작해, 눈을 길게 찢거나 꺾고 입을 옆으로 늘이거나 동그랗게 말고 그 옆에 땀방울을 좀 추가하는 식으로 우리는 우리 표정의 대리인에게 변화를 줄 수 있다.

그런데 나는 게시판에서 누리꾼들이 올린 글을 읽으면서 작은 혼란을 겪게 된다. 내가 내 글의 끝에 >.< -.,- ㅜ.ㅜ ^.^ 를 붙이는 동안 누리꾼들은 그보다 한층 풍부하게 강화된 형태인 (ㅡㅡ^)나 s(⁻ ▽ ⁻)v ㄱ(^^)ㄴ (~.^)를 붙이고 있었던 것이다.

저 이모티콘들이 다 무슨 표정을 뜻하는지 알고 있는가. 물론 이모티콘의 사용이 도상에 대한 직관적인 이해를 바탕으로 하는 것이니 무슨 표정을 뜻하는지 모를 리 없다. 우리는 현실에서 상대방이 저런 표정을 지었을 때 어떻게 이해하고 반응해야 할지 알고 있다.

하지만 알고 이해하는 것과 그것을 직접 활용하는 데에는 차이가 있다. 혼란은 내가 희로애락의 사전적 반영인 >.< -.,- ㅜ.ㅜ ^.^ 이상은 결코 쓸 수 없었다는 데에서, 그 깨달음에서 시작되었다. 나는 기본형이나 다름없는 그 네 가지 표정에 기껏해야 땀방울 몇 개 덧붙이는 것 이상은 결코 할 수가 없었다. -.,-;; 이렇게. 그 이상의 무언가를 표현하려 하면, 가슴 한구석이 무거운 것으로 단단히 틀어막힌 것처럼 갑갑한 기분이 들곤 했다.

도대체 정서의 결이 얼마나 섬세해야 (^(oo)^) 같은 이모티콘을 자연스럽게 구사할 수 있단 말인가. 도대체 정서의 결이 얼마나 구체적이어야 ㅅ(￣ ∩ ￣ ㅅ) 같은 이모티콘을 자유자재로 쓸 수 있단 말인가. 내 글에 댓글로 (ㅡㅡ^) 이런 이모티콘이 달렸는데 도대체 나는 어떤 이모티콘으로 답글을 남겨야 한단 말인가.

지금 생각해보니, 그 일은 여러 가지로 해석될 수 있었다.

하나는 글 쓰는 사람으로서 정서의 결을 글로 표현하게끔 훈련되어 있으니 이모티콘의 사용은 무리일 수밖에 없었다는 것이고, 둘은 내 정서가 원래 부실하고 빈약해서 희로애락의 사전적 정의 이상을 표현하는 게 처음부터 무리였다는 것이며, 셋은 그즈음 내 정서가 서서히 마비되어가는 중이었다는 것이다.

나도 모르게 진행되어온 그 정서의 마비 과정이 이모티콘이라는 계기를 통해 툭 불거져 나온 것을, 내가 우연히 감지하게 됐다는 것이다.

하지만 그것이 시작은 아니었다. 조금 거슬러 올라가보자. 이런 일이 있었다.

이모티콘 사건 두어 해 전에 어느 계간지의 청탁으로 소설을 실으면서 사진을 찍게 되었다. 남산의 옛 안기부 건물 근처에서 였는데, 계간지가 나온 뒤 사진을 보니 내 표정이 딱 더도 덜도 아닌 기본형 ·· 이었다. 사진작가가 야외로 데리고 나가 모처럼 사진을 찍는다니 틀림없이 즐거운 척하는 표정이든 고뇌하는 척하는 표정이든 짓긴 지었을 텐데, 막상 사진에 찍혀 나온 건 그저 ·· 일 뿐이었다.

내가 정말 이랬나, 하는 생각에 나는 놀라지 않을 수가 없었다. -.,-나 ^.^의 정서 수준에도 미달되는 ·· 이었던 것이다. 지금도 그 사진 속 표정을 떠올리면 마음이 서늘해진다. 그 순간 나는 사진을 보면서 무언가가 잘못되어가고 있다고 어렴풋이나마 느꼈던 것 같다. 그때 벌써 내 안에서는 무언가가 진행되고 있었던 것이다.

좀더 거슬러 올라가보자.

동료 작가의 집에 놀러간 적이 있었다. 그가 자기 방을 구경시켜주는데, 책 출간을 다룬 신문 기사들을 스크랩해 액자에 끼워 장식장에 올려둔 것들이 있었다. 학창 시절 전국 글짓기

대회나 수학 경진 대회에 나가 받아 온 상장을 액자에 넣어 진열해놓듯 말이다.

액자들을 하나하나 살펴보며 나는 잠시 혼란스러워했다. 언론에 나는 것이 액자를 해 넣을 만큼 좋은 일인지, 그것이 기념을 해야 할 만큼 기쁜 일인지 알 수가 없었던 것이다. 나도 저렇게 해야 하는 것인가 하는 생각이 나를 흔들고 있었다. 나는 그와 한참 다르게 행동하고 있었다.

나는 기사 스크랩은커녕 신문이나 잡지에 인터뷰 기사가 실려도 찾아 읽기조차 하지 않고 있었다. 누군가 내 앞에서 언론에 기사가 났다고 >.<의 표정을 짓고 있으면 나는 저 친구가 왜 저러지, 하고 의문을 가졌을 것이다. 나는 언론에 기사가 나는 것에서 아무런 의미도 발견하지 못하고 있었다. '그것이 의미가 없다'가 아니라 '내가 의미를 찾지 못한다'는 것이다. 그게 출판사 책 홍보에 중요한 역할을 한다는 것을 알면서도 그랬다. 의미를 찾지 못하면 무엇이든 소홀히 하기 마련이다.

언론에 기사가 나는 것에서 아무 의미도 찾지 못하는 것은 그저 하나의 예일 뿐이다. 문제는 내가 다른 많은 것들에서도 의미를 찾지 못하고 무감각해져가고 있다는 데 있었다. 나는 누군가 내 두 뺨을 잡고 쭉 끌어 올려 억지로 :=) 표정을 짓게 하거나 강제로 눈썹을 밀어 올려 ^_^ 표정을 만들어주기 전까지는 언제까지나 기본형 ··으로 지내야 할지도 몰랐다.

하지만 그게 진정한 시작은 아니었다. 한 번 더 거슬러 올라가보자.

두번째 책을 내고 나서 방송국의 어느 프로그램과 인터뷰 출연 약속이 되었다. 나도 가끔 듣는 라디오 프로그램이었다. 아침에 자고 있는데 전화가 왔다. 인터뷰 시간이 다 되었는데 지금 집에 있으면 어떡하냐는 제작진의 전화였다. 그러면서 출연은 불가능하게 되었으니 전화 인터뷰로 바꾸자고 했다. 그러고는 어떻게 됐겠는가. 나는 전국 방송의 라디오 진행자와 생방송으로 말다툼을 했다. 진행자는 짐작하건대 (-.-″)凸의 표정으로 약속을 어긴 내게 짜증을 냈고 나 역시 -.-+의 표정으로 말 한 마디 한 마디에 아니라고 토를 달며 짜증을 냈다.

실은 일부러 안 나간 것이나 마찬가지였다. 방송에 출연한다는 것에서 어떤 의미도 찾지 못했으니, 약속을 지키기 위해 일찍 일어나려고 긴장하고 있었을 리도 만무했다. 아마 알람이 울리는데도 귀찮다는 (ご .ごメ)의 표정으로 꺼버리고 계속 잤을 것이었다. 그렇다고 생방송 중에 라디오 진행자에게 그렇게 화를 낼 것까지는 없었다. 아니, 지금 떠오른 생각인데, 어쩌면 그게 녹음방송이고 출연자가 저질이라 그 부분이 방송이 안 되었을 수도 있다. 제발 그랬기를 바란다.

그즈음 나는 내 감정을 컨트롤하는 데 계속 실패하고 있었다. 그때의 그 끔찍한 불안이 어디서 비롯됐는지 아직도 정확히 알지 못한다. 사람이 자신에 대해 모든 것을 다 아는 것은 아니다. 세계의 의미 없음에 대한 느낌도 그 한 원인이겠지만, 두어 가지 요인만으로 사람이 그렇게 되는 건 아니다.

내 성마른 언동은 그 무렵 가족의 간병을 위해 병원을 오가면서 시작된 것이었다. 그리고 라디오 인터뷰 사건을 전후해 상궤를 벗어나 해가 갈수록 더해졌고, 글쓰기를 그만둘 무렵엔 뼈가 부러지고 살이 터지는 것처럼 아무 때나 툭툭 밖으로 불거지곤 했다.

글쓰기를 그만둘 무렵의 나와 부딪혀야 했던 사람들은 내 성마른 언동에 매번 눈살을 찌푸렸을 것이다. 그 마지막 두어 해 동안 나는, 애써 내게 다가오려 했던 이들을 공격해 곤혹스럽게 하곤 했다. 이 죄송한 마음을 어찌 다 전해야 할지 모르겠다.

아직 시작이 아니다. 한 번만 더 거슬러 올라가보자. 이제 나는 이십 년 전 이야기를 하고 있다.

작가가 되기 몇 해 전에 대학 친구들과 약속이 잡혔다. 군대에서 누가 휴가를 나왔나 그랬다. 나는 안양에 살고 있었고 약속은 수원에서 잡혀 있었다. 날이 아주 맑고 따뜻했다고 기억난다. 기억나는 건 그날의 날씨와 내가 약속 시간을 한참이나 어겨 수원으로 갔다는 것뿐이다. 당시에는 휴대폰은커녕 삐삐라고 하는 호출기도 드문 때였으니 약속이 한번 어긋나면 되잡기 어려웠다. 나는 수원역 앞 딱딱한 나무 벤치에 기본형 ·· 의 표정으로 앉아 있었다. 날은 차츰 더워지고 있었다. 나는 무엇이 잘못된 건지 알 수가 없었다. 그날 아침부터 내 몸은 천근만근으로 무거웠다. 두 발목에 천근만근짜리 족쇄가 채워져 있는 것 같았다. 두 발이 정말로 질질 끌렸다. 나는 일부러 약속을 어긴 것이나 마찬가지였다. 그 행동은 몇 해 뒤에 라디오 인터뷰 사건 때 반복된다. 그리고 다시 몇 해 뒤 영화사 사람들과의 약속 때도 반복된다.

그날 나는 벤치에 ‥의 표정으로 앉아 있었다. 무엇이 잘못되었는지 궁금하긴 했지만 그것이 감정을 띤 형태의 것은 아니었다. 딱히 슬픈 것도 기분이 좋지 않은 것도 아니었다. 기본형 ‥는 표정 없음이다. 정서적 반응이 없으니 표정도 없는 것이다.

지난여름, 문학과지성사로부터 원고 청탁을 받고 이 책의 계약을 하면서도 내 표정은 여전히 ‥이었다. 글쓰기를 그만둘 때와 마찬가지로, 글쓰기를 다시 시작하려 하면서도 그게 무슨 의미가 있는지 잘 파악이 되지 않았던 것이다. 다만 책을 낸 다음에 있을 일들이며 그간 잊고 지낸 문단 사람들의 근황이 궁금해 잠깐잠깐 o(^-^)o의 표정을 짓긴 했지만 기본형에서 크게 벗어나지는 않았다. 줄리아 크리스테바는 『검은 태양』에서 우울증을 앓고 있는 주체들 앞에 놓인 어떤 심연, "의미 생성 연쇄의 불가능성"이라는 심연에 대해 이야기하고 있다. 그런 주체들은 "총체적이고 의미를 알 수 없는" 그래서 "무의미한" 어떤 것에 고착된 주체들이다. 때문에 그 주체들은 "말이 없고 할 말이 없다". 그 주체에게 심연 너머 일상 세계의 대상들과 시니피앙들은 "무의미의 가치"를 가질 뿐이다.

대신 주체는 자기 스스로 심연이 되어, "의미할 수 없는" 어떤 것과 "죽음"에 꽂혀 그것에 "강렬한 가치"를 부여한다. 그렇게 "부조리한 기호들과 완만하고 조리 없는, 중단된 연쇄들로 이루어진 우울증 환자의 담론은" 의미로 넘쳐나는 이 세계 속에서 갑작스럽게 "의미가 붕괴되는 것"이다.

십 년 전 글쓰기를 그만두면서 나는 내 삶의 많은 것을 잃어버렸다. 하지만 그때 우격다짐으로 글쓰기를 계속했다면 더 많은 것을 잃어버렸을 것이다. 글쓰기를 다시 시작하면서 나는, 그 지경까지 나를 몰고 갔던 상황들에 대해 여러모로 생각해보았다. 외부의 상황에 대해선 나는 할 말이 없다. 내부의 상황에 대해 말하자면, 나는 이미 작가로서 마땅히 해야 할 일들을 내팽개치다시피 하고 있었다. 청탁받은 원고는 초고 상태로 검토도 없이 그냥 넘겼고 문예지가 나와서도 다시 읽지 않았다. 신간이 나와도 출판사에 들러 인사조차 하지 않았다. 그때 대충 써넘긴 원고들을 지금 와서 고치느라 내가 이 고생을 하고 있다.

그 무렵 내 몸무게는 거의 백이십 킬로그램에 육박해 있었다. 그것도 불어난 몸무게를 감당하지 못해 슬랩스틱 코미디에서처럼 의자 다리가 부러져 뒤로 나뒹구는 상황이 되어서야 깨닫게 된 사실이었다. 맞는 바지가 없어 트레이닝복만 입고 다녔다. 그때쯤 나는 거의 말을 잃어버렸다. 기본형 ·· 에서 입까지 사라진 ·· 가 되었다.

글쓰기를 그만둔 다음 나는 할 일이 없었기 때문에 담배를 끊고 다이어트를 시작했다. 나는 이어폰을 꽂고 라디오를 들으며 매일 이십여 킬로미터를 운동 삼아 걸어 다녔다. 그러다 어느 날 라디오 뉴스에서, 우리나라의 자살률이 십만 명당 몇십 명이며 그건 시간당 몇 명씩 자살하는 비율이며, 그 비율이 세계에서도 상위 수준이고 자살 증가 속도 역시 우려스러운 수준이라는 보도를 들었다. 자살 문제가 우리나라에서 심각하게 받아들여지기 시작한 게 그쯤이 아니었나 싶다.

그 라디오 뉴스를 들으며 어렴풋하게나마 깨닫게 된 것이 있었다. 글쓰기를 그만둔 행위가 내게 무슨 의미가 있었는가 하는 것이었다.

당시 나는, 작가로서의 나를 죽였던 것이다. 그렇게 해서 나의 나머지를 살게 했던 것이었다. 나를 계속 살게 했던 것이다. 나는 정말로 작가로서의 나를 죽였다. 글도 쓰지 않았고 연락도 끊어버렸으며 내 전직에 대해 어떤 이야기도 입에 올리지 않았다. 그 뒤로 서울로 올라와 직장 생활을 하면서도 이력서에서 내 작가로서의 모든 이력을 빼버렸다. 때문에 내 이력서에는 대학을 졸업한 이후로 글쓰기를 그만둔 때까지 십여 년의 기간이 빈 시간대로 남아 있다. 면접관이 그 빈 시간대를 지적하며 무엇을 했느냐고 물으면 나는 -.,-;;의 표정으로 이 직종과 전혀 상관없는 일을 했다고만 했다. 그러면 면접관도 더 이상 묻지 않았다.

십 년 전에 바로 그런 일이 있었다. 그때를 떠올리면 잘했다는 생각이 든다. 나는 앞으로도 그런 위기가 또다시 닥치면 몇 번이라도 작가로서의 나를 죽일 것이다. 그렇게 해서라도 나를 살게 할 것이다.

그래도 책은 계속 읽었다. 나는 작가가 되기 훨씬 전부터 도서관 소년이었고, 그래서 죽고 죽이는 와중에도 또 하나의 나인 도서관 소년은 살아남아 하던 일을 계속할 수가 있었다.

꼭 그런 이유가 아니더라도 의료기관의 도움 없이 자신의 질병과 싸우는 사람들은 어떻게든지 책을 읽지 않을 수가 없게 된다. 병원을 찾는 대신 자기 치료의 길을 선택한 사람들 말이다. 특히 마음의 문제로 정신분석학 분야에서 도움이 될 만한 임상 치료의 사례를 찾는 이들이라면 예상을 훨씬 넘어서는 양의 책을 사들이게 된다. 왜냐하면 그 어느 책도 충분할 만큼의 임상 치료 사례를 싣고 있지 않다는 사실을 곧 발견하게 될 것이기 때문이다.

십 년이라는 긴 세월이 지났어도 내 표정은 아직도 기본형 ‥ 이다. 그리고 여전히 내 삶과 세계의 많은 것들이 의미 없게 느껴진다. 내가 ‥ 의 표정에서 벗어날 때가 오겠는가. 몇 년 전 직장에서 휴일 근무를 하고 있는데, 직장 동료 하나가 내가 혼자 점심을 먹는 게 안쓰러웠는지 딸내미를 데리고 놀러온 적이 있었다. 그 친구는 나와는 다르게, 만면에 (˄(oo)~) 종류의 미소를 항상 띠고 있는 친구였다. 특별한 날이 아니면 정말로 온 종일 그런 미소를 띠고 다녔다. 그리고 그날 아빠 손을 잡고 있는 그 딸내미를 보았을 때, 그 딸내미의 (^(oo)~) 표정을 보았을 때, 나는 그것이 그쪽 집안에 대를 이어 내려오는 미소라는 사실을 깨달았다. 그 친구가 어렸을 때 그의 부모가 그에게 (^(oo)~)의 미소를 지어 보였고, 그래서 그가 자신의 온 얼굴로 그 미소를 물려받았으며, 이제 그가 (^(oo)~)의 미소로 자기 딸내미를 바라보고 있으니, 그 딸내미도 똑같이 (^(oo)~)의 미소를 물려받아 온 얼굴로 집안의 자랑스러운 유산을 표현하게 된 것이다.

그렇게 따져 말하자면 내 ‥ 의 표정도, 어렸을 적 나를 바라보던 어른들의 표정이라고 할 수 있다. 기억엔 전혀 없지만 유추하자면 그렇다는 것이다. 내 ‥ 표정은 주위 어른들이 나를 바라보던 바로 그 표정인 것이다. 아무 감정도 담겨 있지 않은, 아무 의미도 없으며 심지어는 아무 가치도 없는. 그리고 이제 내가 그 표정으로 내 앞에 던져진 세계를 바라보고 있다.

하지만 긍정이 필요한 순간이다. 이 세상을 떠도는 험악한 표정들이 얼마나 많은지 떠올려보면, ‥ 의 표정 정도면 준수한 것이라고 나는 생각한다.

자크 아순은 『증오의 모호한 대상』에서 증오란 "자아의 상상적 차원이 파괴되었을 때" "붕괴를 피하기 위"해 주체가 내놓는 "극단적인 핑곗거리"일 것이라고 이야기한다. 증오란 "우울한 붕괴의 위협에서" 주체가 자기방어를 위해 할 수 있는 최후의 "가능한 반응"이며, "정신적 죽음이나 자살이 있기 전에" 주체가 살아남고자 내놓는 "마지막 카드"일 것이라고.

글쓰기를 그만두던 그 마지막 두어 해 동안, 나는 내가 머릿속에 만들어낸, 내 안에만 존재하는 어떤 세계를 오가며 살았다. 나는 하루에도 몇 번씩이나 그 세계에 들어갔다 나오곤 했는데, 그때마다 비열하고 조악하기 이를 데 없는 어떤 생각들로 전율하곤 했다. 그 저급한 생각들은 내가 아는 이 세상의 어떤 이모티콘으로도 결코 표현할 수 없는 그런 것들이었다.

내가 글쓰기를 그만두자 비로소 그 끔찍한 세계의 문도 조금씩 닫히기 시작했다. 자크 아순은 같은 책에서, 증오란 "사랑의 이면"이 아니라, 사랑이 "중단"되었을 때 시작되는 것이라고 말하고 있다.

이제 그 문은 닫혔고, 나는 글쓰기에 대한 나의 사랑을 다시 시작한다.

무표정하게 타오르는 혀

김형중

1

지금 관여하고 있는 잡지가 아닌 다른 잡지 편집 위원이던 시절이었으니 꽤 오래전 일이다. 얼추 7~8년은 됐겠다. 백민석이 충남 어딘가(서산이나 태안)에 칩거 중이란 말을 들었고, 이제는 기억나지 않는 어떤 경로를 통해 전화번호도 얻을 수 있었다. 휴대전화 번호는 아니었고 일반 전화번호였는데(확인해보니 나는 지금도 041로 시작하는 그 번호를 가지고 있고, 이제 지울 때가 된 것 같다) 당연히 그 숫자들에서는 세계에 등을 돌려버린 자에게 속한 것들 특유의 완고함이 느껴졌다. 깊은 잠을 자청한 자를 깨워보려는 심사였으니 어떤 각오나 결심 같은 것이 필요했던 것도 같다. 그래서 손가락이 약간 떨렸지만 마음에 동요는 없었다. 나는 그 숫자들을 마치 이번만은 절대 실수하지 않으려는 사람처럼 길게 또박또박 눌렀다. 사석에서는 단 한 번, 그것도 잠깐 동안 몇 마디 말을 섞은 적이 있었을 뿐이지만, 전화를 받는 목소리는 낯설지 않았다. 퉁명스럽게 돌아온 말은 대강 이랬다. "소설가가 사표 써야 소설가 그만두는 것도 아닐 텐데, 왜 자꾸 이러시나요? 다시는 이런 일로 전화하지 마세요!"

뭐, 괜찮았다. 첫째로 이미 예상한 반응이었기 때문이다. 작가 백민석을 구성하는 여러 요소들 중 하나가 바로 그 까칠함과 거침없음이란 걸 모르는 바도 아니었고, 그의 작품들로 미루어 보건대 그가 뭔가를 결심했다면 그것은 쉽사리 깨지지 않을 거라는 사실도 알고 있었다. 게다가 내가 읽기로 그의 절필과 잠적 또한 그의 문학에 속해 있었다. 나는 '엄살'이나 '전략'이 아닌, 작가가 스스로를 상징적 죽음의 처지로 몰아넣는 '절실한' 절필의 사례를 오랜만에 그를 통해 목도하고 있었고, 그것은 그대로 백민석의 문학과 다르지 않다는 생각을 하고 있었다. 둘째로, 나는 그때 내 임무를 다했다고 생각했다. 그의 말대로 소설가가 사표를 써야 소설 쓰기를 그만두는 것은 아니다. 그러나 설사 사표를 썼다고 하더라도 소설이 소설가를(그가 진정한 소설가라면) 그냥 놔주는 것도 아니다. 그는 천생 소설가 말고 달리 어울리는 일이 있어 보이지 않았고, 그래서 나는 그가 어디 충남의 바닷가에서 여전히 뭔가 쓰고 있을 거라고 생각했다(이 생각은 틀렸다). 또 그가 분명 다시 돌아올 거라고도 생각했다

(이 생각은 맞았다). 그래서 다만 나는 그에게 내가, 우리가, 한국 문학이 댁을 잊지 않고 있음을, 댁은 댁이 아는 것보다 훨씬 많이 한국 문학에 '필수적인 성분'임을 전했다는 사실만으로 족했다. 물어보지는 않았지만, 아마 나 말고도 더 많은 사람들이 그에게 전화했으리라. 필경 나와 같은 마음으로…… 사실인지 확인해보지 않았으나, 그런 타전들이 그를 돌아오게 한 것이라고 생각하면 기분이 좋아진다.

2

그가 한국 문학에 '필수적인 성분'이었다는 말에는 얼마간의 부연 설명이 필요하다. 그리고 실은 얼마간의 분노도 필요하다. 나는 지금 '분노'라는 말을, (백민석 소설의 '지나친 폭력성'을 과하게 염려했던 적대자들의 온건하고 고상한 어법에 분노한 채로) 다음과 같은 지젝의 용법으로 사용하고 있다.

전 지구적 분노의 잠재력이 고갈된 우리 시대에는 이제 두 가지 형태의 가장 주된 분노만이 남아 있다. 이슬람(자본주의적 세계화가 낳은 희생자들의 분노)과 '비합리적인' 청년들이 폭발시키는 분노가 그것이다. (알랭 바디우·슬라보예 지젝 외, 『민주주의는 죽었는가?』, 김상운 외 옮김, 난장, 2010, pp. 181~82)

현실 사회주의권이 붕괴하고 신자유주의 체제가 전 지구적 지배를 확고히 한 이후, 소위 '분노-자본'이 사라져 버린 것은 한국 사회에서도 마찬가지였다. 어떤 뜨거운 변혁 이론도 어떤 완벽한 사회 모델도, 그리고 어떤 그럴듯한 문학 이념도, '분노'라는 자본 없이는 한갓 종잇장 위에 그려진 설계도에 불과하다. 분노는 설사 그것이 폭력적이라 할지라도, 아니 실은 폭력적이기 때문에 더더욱, 변혁과 갱신에 있어서는 중요한 에너지가 된다. 한국 문학도 그랬다. 내가 알기로 1990년대 후반과 2000년대 초반(그가 절필하기 직전)까지 한국 문학에서는 오로지 '비합리적인 청년' 백민석이 폭발시키는 분노 정도가 '유일하게'(분노 자체와 분노의 제스처들은 구분되어야 하므로) 남아 있는 분노자본이었다(굳이 누군가를 더 꼽아야 한다면 최인석을 꼽을 수는 있을 것이다).

물론 그 분노는 (진짜 분노가 항상 그렇듯이) 종종 공감의 범위를 넘어설 만큼 폭력적이었다. 그의 주인공들은 아주 무표정한 모습으로(훗날 작가 자신이 「사랑과 증오의 이모티콘」에서 기본형 ·· 이라 부르게 될 바로 그 표정이다) 불만스러운 것은 죽이거나 유기했고(『목화밭 엽기전』), 하고 싶은 것은 설사 남의 목숨을 빼앗는 일일지라도 했다(『헤이, 우리 소풍 간다』). 도덕이나 청결함에 신경 쓰지 않았고, '너흰창녀보지만제일인줄알지'나 '삶은콩방귀포대' 같은 음란하고 추잡한 퍼포먼스도 마다하지 않았다. 고상하게 진보적인 척하는 것들, 가령 부르주아 생태주의자들이나 어설픈 록 스피릿으로 저항을 대신하는 밴드들은 즐겨 조롱의 대상이 되었고, 심지어 인류 문명의 근간이라는 근친상간 금기도 적잖이 파기되었다(이상 『16믿거나말거나박물지』). 그래서 어떤 평론가는 그의 문학에 대해 이런 우려를 표한 적도 있다.

　　하지만 그의 그런 파격성·과격성—시쳇말로는 탈주의 욕망—을 도덕의식·현실개념의 서슴없는 파괴나 육두문자가 난무하는 외설 또는 전략적 허무주의, 아방가르드적 글쓰기 등으로만 규정할 일은 아니다. 사실 90년대 들어 문학의 새로움을 논하는 데 입버릇처럼 들이댄 잣대가 그런 식의 대책 없는 기준이 아니었던가. 〔……〕 필자로서는 이 작가의 일탈 자체에는 별 흥미가 없다. 방황과 일탈로서의 실험은 장정일의 '비극' 하나로 충분하겠고, 서구문학을 뒤져보면 그보다 고급한 일탈도 종종 볼 수 있기 때문이다. (유희석, 「작품, 진영, 문학운동」, 『창작과비평』 1998년 겨울호, p. 269)

더불어 이런 말도 서슴지 않았다.

　　그렇게 온전치 못하고 '튀는' 감수성일수록 상품가치가 높아지는 것이 현대 예술의 반인간적 대세인데, 알게 모르게 젊은 작

가들의 의식 세계를 그런 대세가 장악하고 있는 것이다. (유희석, 같은 글, p. 271)

가감 없이 말해 나는 저와 같은 문장들을 읽을 때면 저절로 입꼬리가 올라가는 걸 느끼곤 한다. 그럴 때 나는 내가 짓고 있는 잔인한 표정과, 내 안에 차오르는 분노를 감지하게 된다. 허물어져가는 무허가 판자촌에서 태어나 일찍 부모를 잃고, 또 오랜 시간 동안 조모가 누워 있는 병실에서 홀로 글을 쓰다가, 결국 우울증을 얻게 된 한 소년(이것이 실제 체험이라면 절대로 '신파'라고 말할 수 없다), 황폐한 절골을 유일한 놀이터 삼고, 누릴 만한 '문화'라곤 TV와 B급 대중음악, 그리고 공짜로 책을 빌려주던 공립 도서관밖에는 없어서, 스스로를 '우울한 도서관 소년'이었다고 회상하는 어떤 사내의 이미지가, 그 반대의 이미지와 자꾸 겹쳐서다. 그 반대의 이미지란 지금 이 글을 쓰는 나, 혹은 저 글을 쓴 평론가의 이미지다. 좋은 교육을 받았고 좋은 것들을 읽었으니, 그런 이들이 말하길, 과격함은 예술적으로 다스려져야 하고, 육두문자는 아방가르드가 아니며, 일탈은 고급스러워야 하는데(그러나 도대체 어떻게 일탈이 고급스러워질 수 있으며, 고급스러운 것은 또 어떻게 일탈이 된다는 걸까), 그 고급스러운 일탈은 서구 문학을 잘 뒤져보면 찾을 수 있고, 분노는 가급적 리얼리즘적으로 표출되어야 하는 법인데, 그와 달리 과도하게 무정부적인 감수성은 결국 책의 상품 가치를 높이기 위한 전

략으로 전락할 수도 있다고 말하는 이 고상한 화술!(그러나 내
가 알기로 적당하고 합법적인 분노는 소위 '정의'의 이름으로 '도가
니'탕처럼 팔려 나가지만, 통제할 수 없는 분노는 2쇄도 찍기 힘들
다). 아마도 지젝의 말처럼 분노자본이 고사하고 있다면, 한국
문학의 경우 대개 그 고사의 책임은 저 유용하고도 숭고한 분노
자본을 자꾸 어떤 체계(특히 '보통의 사실주의와 구별되는 리얼
리즘'이라는 텅 빈 기표로 이루어진 체계일 경우가 많았다) 속으로
집어넣지 못해 안달했던 이들의 탓이 크다.

그런 의미에서 나는 그가 절필하기 전 평론가들과 나누었던
몇몇 대담이 그의 작품들만큼이나 흥미롭고 유익하다고 여기는
편인데, 여기 그중 한 장면이 있다. 평론가 장은수가 먼저 그의
소설에서 흔히 드러나는 비선형적이고 파편화된 서사의 한계에
대해 지적한다. 그러자 백민석이 답한다.

내가 그렇게 쓰는 것은 세상에 대한 분노나 증오의 감정이 나
를 충동질하기 때문일 것이다. 그러한 감정들은 끊임없이 나를
따라다니면서 얌전하게 쓰는, 그러니까 언어의 광기로 빠져들지
않도록 하는 장치들을 스스로 제거해버리거나 그러한 장치들을
소설 안에 심지 않도록 만드는 것 같다. 오히려 나는 그 감정들
이 없어지지 않았으면 좋겠다고 생각한다. 그 감정들은 일상에서
는 무의미하고 무익한 것이겠지만 문학에서는 필수적이고 중요
한 것이다. 또 그것이 나를 문학으로 이끈 원동력이었다. 오히려

내가 불안해하는 것은 비선형적인 내 소설이 광기 속으로 미끄러져 들어가지나 않을까 하는 것이 아니라 계속해서 이렇게 쓰다 보면 내 책을 내줄 출판사가 없지 않을까 하는 것이다. (「인공 현실과 비선형 서사의 출현」, 장은수·백민석 대담, 『문학과사회』 1997년 가을호, p. 1136)

한 부분을 더 인용해보자. 대담 말미에 다시 장은수가 소설의 '소통 가능한 형태'를 주문하자, 백민석이 답한다.

당신 말대로 나의 분노는 문화적인 분노는 아니다. 오히려 그것은 생활의 분노였다. 내가 자라난 무허가촌이라는 곳은 그 자체로 법으로부터 먼 곳이었다. 따라서 나의 분노는 곧 법에 대한 분노이기도 하고, 그것이 지탱하는 사회 체계에 대한 분노이기도 하다. 그러나 당신이 의사 소통 가능한 분노를 이야기하는 데는 동의할 수 없다. 왜냐하면 분노란 의사 소통 가능한 것을 파괴하는 것이기 때문이다. [……] 사람이 화가 나면 일시적으로 머리가 돌아버리며, 그러고 나면 말이 씹히게 된다. 그 씹히는 소리가 내 소설을 비선형적으로 만드는 것이다. [……] 문단 안으로 편입되어 세 권쯤 소설을 내면서 내 스스로 만족스러워하는 부분이 나도 모르게 생긴 것 같다. 그것은 아마 바보 같은 짓일 것이다. (같은 글, p. 1137)

대담에서 그는 문학 일반의 기원이 어디에 있는지를 말한다. 그에 따르면 분노야말로 문학의 기원이자 일용할 양식이다. 그는 특별히 자신의 문학적 기원에 대해서도 말한다. 그곳은 법으로부터 아주 먼 곳, 요즘 말로 하자면 '호모 사케르'들의 비식별역, 곧 '무허가 판자촌'이다. 또 그는 자신이 90년대의 다른 작가들과 구별되는 지점이 어디인지에 대해서도 말한다. 자신의 분노는 '문화적'인 것이 아니라 '생활적'인 것이다. 물론 그는 자신이 '어떻게' 쓰고 있는지에 대해서도 말한다. 분노가 말을 씹히게 하고, 그 씹히는 소리를 기록하는 것이 자신이 글을 쓰는 방식이다. 게다가 그는 자신의 책이 많이 팔리기를 바라는 것이 아니라 책을 내줄 출판사가 사라질 것을 우려하고, 문단으로 '편입'되어 스스로 자족하게 될 것을 우려하기까지 한다. 말하자면 그는 자신의 문학 행위 전반에 대해 잘도 '반성적으로' '의식'하고 있다. 그는 종종 평론가들의 고담준론을 무색하게 만들 만큼 아주 지적이고 이성적인 작가이기도 했고, 그런 점에서 그의 소설에 대한 충동적이라거나 무분별하다 했던 평가들은 실은 기우에 불과했거나, 해석적 무능력 상태의 자백이었다고 해야 맞을 것이다.

그가 한국 문학에 '필수적인 성분'이라고 말했던 이유가 이것이다. 백민석, 그는 그 존재 자체로, 한국 문학의 많은 고상한 문학 담론들을 추문으로 만들고, 많은 엇비슷한 탈주들을 제스처로 만들고, 많은 실험들을 기교상의 놀이로 만들었다. 게다가 점잖은 평론가들이 우려했던 바와 달리 그런 일들을 대책 없이 우발적으로 해냈던 것도 아니었다. 그는 그토록 한국 문학에 필요한 존재였던 것이다.

3

그러던 그가 정확히 10년 전, 돌연 사라졌다. 사라지는 척한 것이 아니라, 진짜로 사라졌다. 나처럼 그를 잊지 못하는 사람들이 몇 번 타전을 보내기도 했겠지만, 소문만 무성했고 행적은 묘연했다. 마케팅을 몰랐고 사교를 몰랐던 그였으므로, 그의 실종은 단호했고 정직했다. 모모처럼 충무로에 입성하기 위해 선언한 절필도 아니었고, 또 모모처럼 성령의 은사를 입어 선언한 절필도 아니었다. 아주 그다운 절필이었다.

가장 아쉬웠던 것은 그가 없는 사이, 본인만 모르는 채로, 백민석이라는 아이콘은 한국 문학에서 일어난(혹은 일어나고 있는) 어떤 변이의 '기점종'이 되었다는 점이다. 먼저 편혜영과 백가흠이 낯설다 싶을 만큼 그로테스크한 세계를 우리들에게 보여주었다. 그들의 작품에 편만한 폭력과 분노와 우울과 처참함을 읽어내는 법을 나는 먼저 백민석의 작품들에서 배웠다고 생각했다. 박민규가 등장했다. 관점을 달리해서 보면 박민규와 백민석은 랑시에르적인 의미에서 '데코럼의 붕괴'에 가담한 동맹자들이라고 생각했다. 소설이 얼마만큼 이질혼종적인 장르인지를 여실히 보여주는 두 작가가 함께 활동했다면 참 가관이었겠구나 싶었다. 조금 늦게 황정은이 나타났고, 약간의 시차를 두고 김사과와 박솔뫼도 출현했다. 나는 그들이 백민석을 읽었는지 알 수 없다. 그러나 다행히도 한국 문학의 유전자에 분노자본이란 것이 아직 남아 있어 이런 방식으로 격세유전하는 걸지도 모른다는 생각에 들뜨기는 했다. 황정은에겐 계급과 무표정이 있었고, 박솔뫼는 아방가르드란 명칭이 이제 영영 사라져도 되는 화석 같은 존재만은 아니란 사실을 증명했다. 그리고 김사과의 파괴력은 통쾌했다.

그러나 이런 일들이 일어나고 있는 사이, 정작 백민석 자신은 (흔히 자발적 실종자는 누군가 찾기를 바라는 마음에 흔적을 남기는 것이 상례인데도) 본인을 추적해낼 만한 어떤 흔적도 남기지 않았다. 끝내 그는 자신이 사라진 곳에서 자신에게 일어난 변화를 모르고 있었던 것이다. 우리도 마찬가지였다. 그가 완전히 침묵했으므로, 우리는 10년 동안 그가 어디서 뭘 했는지 들은 바가 별로 없다. 그러니 이제 돌아오면서 그가 우리에게 일종의 사유서나 되는 것처럼 불쑥 내민 두 편의 문서들(「사랑과 증오의 이모티콘」 「시속 팔백 킬로미터」)을 통해 그 사연을 추측해볼 수 있을 뿐이다.

이 문서들은 어떤 과장이나 수사도 없는 정직한 고백의 문장들로 이루어져 있으므로, 그에 대한 별다른 설명이 불필요할 듯

하다. 미루어 보건대 고갈의식과 우울증, 아마도 이 두 가지 이유가 그를 한국 문학에서 벗어나게 했던 것으로 보인다. 나로서는 그가 느꼈던 '막연한 불안'과 '세계의 무의미성'에 대한 그 고뇌의 치열함을 독자들이 제대로 알아봐주기를 기대할 뿐이다. 한국 문학사는 자신의 이력에서 작가라는 직함을 완전히 오려내버린 채로, 무려 10년을 무명의 기술직 노동자로 살며, 스스로를 상징적 죽음의 상태로 몰아간 작가의 사례를 가지고 있지 않았다. 오로지 글을 쓰지 '않기' 위해서만 10년을 산, 그러니까 자신을 생물학적으로 살리기 위해 10년간 글쓰기를 포기하지 않을 수 없었던 한 우울증자가, 기나긴 시간 동안 자기 자신을 다스리고 분석하느라 들인 노고의 기록도 별반 가지고 있지 않다. 그런 의미에서 나는 그의 실종이 그 자체로 이미 백민석 문학의 일부를 이룬다고 말했던 것이다. 그가 비록 무표정하게 말한다 하더라도 나는 독자들이 무표정 너머 그의 말들로부터 완전히 무의미한 세계에 내던져진 자가 겪어야 했던 절체절명의 사두를 읽어주길 기대한다.

다만 한 가지, 짧은 고백 말미에 그가 아직 이렇게 말하고 있다는 점은 강조해두어야겠다. "십 년이라는 긴 세월이 지났어도 내 표정은 아직도 기본형 ··이다. 그리고 여전히 내 삶과 세계의 많은 것들이 의미 없게 느껴진다. 내가 ··의 표정에서 벗어날 때가 오겠는가"(「사랑과 증오의 이모티콘」, p. 229). "아무 감정도 담겨 있지 않은, 아무 의미도 없으며 심지어는 아무 가치도 없는. 그리고 이제 내가 그 표정으로 내 앞에 던져진 세계를 바라보고 있다"(p. 230) 저 말들 속에서 나는 그가 진정으로 우울했음을 감지한다. 우울증은 '신경증'과는 달라서 치료되지 않는 '정신증'에 속한다는 프로이트의 분류를 확인할 수 있어서만은 아니다. 그가 글을 쓰면서 어쩌면 다시 고통스러워질 수도 있음을 몰라서는 더더욱 아니다. 오로지 그의 여전한 무표정이야말로 그가 아직 세계에 대한 분노와 증오를 포기하지 않았다는 증거이고, 따라서 한국 문학에 대해서도 작가 자신의 글쓰기에 대해서도 아직 유용한 자본일 것이란 사실 때문이다. 이즈음의 한국 문학에는 표정이 너무 많다. 진정한 분노에는 표정이 없는 법인데도 말이다.

4

그리고 이제 그가 돌아왔다. 체중도 줄고, 더 많은 책을 읽었고, 무엇보다 무표정 속에 차마 말 못 할 수많은 경험과 상념들을 묻히고 돌아왔으니, 나는 그의 소설이 이전의 소설과 같을 거라고 기대하지는 않았다. 다만 그가 무엇을 가지고 돌아올 것인지는 궁금했다. 신작 두 편과, 기발표작 일곱 편. 이것이 그가 가지고 돌아온 것들의 목록이다. 구작들의 경우 그가 절필하기 전 발표하고 책으로는 묶지 않았던 것들을 대폭 수정한 것들이다. 신작 두 편 중 한 편은 이미 살펴본 대로 일종의 잠적 사유서에 해당하는 「사랑과 증오의 이모티콘」이니, 완결성을 갖춘 작품은 「혀끝의 남자」가 유일하다. 그렇다면 「혀끝의 남자」야말로 백민석의 변화를 가늠하기에 가장 적합한 작품이다. 그러나 순서상 기발표작들을 먼저 살펴야겠다. 작가는 그것들을 어떻게 수정하고 다시 썼는가?

일별해보니, 기발표작들에서 사라진 것, 그것은 '믿거나말거나박물지사'다. 가령 작품 「신데렐라 게임을 아세요?」는 발표 당시 「믿거나말거나박물지 둘」(『작가세계』 2003년 가을호)이란 제목의 연작에 포함된 두 에피소드 중 첫번째 에피소드였다. 두번째 에피소드는 '진실된 거짓 도시'라는 제목을 달고 있었는데, 이번 소설집에서는 빠지고 이 작품 속 이야기의 후일담이라 할 만한 「연옥 일기」가 대신 실려 있다. 두 에피소드 모두에서 사건의 배후를 '믿거나말거나박물지사'의 음모로 거론하는 부분들은 삭제되어 있다. 「항구적이고 정당하며 포괄적인 평화」 역시 "믿거나말거나박물지 둘"이란 제목으로 발표된 다른 작품(『문학과사회』 2001년 여름호)의 일부분이다(나머지 부분인 '음악을 먹는 사람들'은 이번 소설집에 실리지 않았다). 역시 믿거나말거나박물지사의 음모를 연상시키는 부분은 삭제되었다. 요컨대 사건들은 이제 이 회사와 무관하게 일어난다.

그런데 백민석의 독자라면 다들 알겠지만 이 회사는 화랑, 다이어트 상담소, 음악인 협동조합, 박물관, 공장, 이벤트 회사, 병원, 방송국 등을 두루 소유하고 있는 무소불위의 다국적 기업이었다. 그리고 백민석의 소설 세계에서 일어나는 일어날 법하지 않은 일들의 대부분은 이 거대한 시스템의 체계적인 음모에서 기인했다. 이 회사는 지상에 존재하는 그 어떤 것들도, 심지어는 시스템에 대한 극렬한 저항까지도 시스템화하는 세계의 다른 이름이었다. 다른 말로 백민석의 세계가 곧 이 회사의 세계였다. 그런데 그 회사가 사라졌다. 단절적이고 몽타주적인 이야기들을 엮어주던 소위 '누빔점'이 사라진 것이다. 그렇다면 백민석은 자신이 그간 구축했던, 혹은 구축하려고 했던 세계 전체를 포기한 것은 아닌가.

요컨대 그는 무엇인가를 가지고 돌아오기 전에, 무엇인가 자신의 소설을 떠받치고 있던 아주 거대한 지주를 버리고 돌아온 셈이다. 아니나 다를까, 백민석은 최근 문단 복귀와 함께 『문학과사회』에서 마련한 좌담 중 이런 말을 했다.

초기 시절로는 못 돌아가겠다. 10년 전에 발표했던 단편들이 원래 믿거나말거나박물지 연작이었는데 이번에 소설집을 준비하면서 그 연작을 다 깨버리고 신작이나 다름없게 다시 썼다. 연작 컨셉을 다 버렸다. 내게는 더 이상 90년대의 그 뾰쪽뾰쪽 했던 게 남아 있지 않다. 다 구부러져버렸다. 10년 전에 마지막으로 썼던 연작 소설은 실패한 것이었다. 어쩌면 그래서 내가 절필을 했는지도 모른다. 그 실패감 때문에. (「헤이, 백민석이 돌아왔다」,

이수형·백민석·권여선·정용준 좌담, 『문학과사회』 2013년 겨울호)

　미루어 보건대 그는 믿거나말거나박물지사를 버림으로써, 자신의 이전 작업과 완전히 결별하고 싶었던 듯하다. 자신의 기발표 연작들을 총체적인 실패로 규정하면서, 그는 이제 다시 시작될 자신의 글쓰기는 이전 작업과 완전히 무관함을 강조한다. 그것들은 대폭 수정되고 거의 다시 쓴 작품들이다. 그의 표현에 따르자면 "그 연작을 다 깨버리고 신작이나 다름없게 다시" 쓴 작품들이다. 그는 지난날의 백민석을 '버리고 돌아온' 백민석이다. 아마도 우리는 그의 작품들을 그렇게 읽어주어야 할 듯하다. 이 작품집의 작품들은 따라서 모두 신작이다. 그것들은 이 작품들이 발표되던 당시에 속해 있지 않다. 이 작품들은 지금 우리에게 속해 있다. 따라서 문제는 이제 오로지 그것들이 바로 지금의 한국 문학에 무엇을 (재)도입하고 있는가 하는 점이겠다.

5

　그는 우선 '재채기'와 함께 귀환한다. 그런데 고작 재채기라니, 하찮은가? 그렇지 않다. 잠시 앓다 지나가는 감기와는 완전히 무관하고, 일종의 획득형질이지만 심지어 대를 이어 유전까지 되는 재채기다. 다른 말로 이 재채기는 '계급적' 재채기인데,

가장 원시적인 감각이라는 후각 저 깊은 곳에 각인되어 있다가, 어떤 조건하에서는 필연코 재발하는 재채기다. 예컨대 재채기는 주로 이런 상황에서 발생한다. 철거 예정 주택에서 부모도 없이 혼자 "건반이 여럿 빠지고 헐거워져 제 구실을 하고 있지 못하고 뚜껑도 뜯겨 한쪽 귀퉁이로 부러진 팔처럼 늘어진" 피아노를 마치 "성난 강아지"(「재채기」, p. 173)처럼 연주하는 가난한 아이(나는 그에게서 백민석의 유년을 본다)와 "궂은 데 하나 없이 청결하고 화창한 날씨 같"은 원피스를 입고, "편의점보다 화랑이 더 익숙한 사람들 틈에서 자랐"다고 말하는 가슴이 얇은(그래서 그 가슴으로 어떤 불행을 감당할 수 있을까 싶은) 여자 사이에서…… 게다가 이 재채기는 아주 예민하고 무의식적이기까지 해서, 지금 눈앞에 앉아 있는 여자의 아버지가 20여 년 전에 시위 진압 지휘를 하다 묻혀 온 최루가스까지 지각한다. 그러니까 이 재채기는 도저히 넘으려야 넘을 수 없는 '계급적 감수성' 앞에서라면 항상 발생한다. "채무자에게, 당신이 궁지에 빠졌음을 알리는 일종의 벽을 제시하는 것"이 직업인 화자는 제아무리 옷을 바꿔 입고 화랑에 드나들고 차를 마시며 황혼을 구경해도, 결코 부촌 아틀리에의 여자를 사랑할 수 없다. 둘 사이에는 "귀도 붙어 있지 않고 눈도 달려 있지 않고 타고 넘을 수도 없는"(p. 180) 그런 벽이 가로놓여 있기 때문이다. 재채기는 그러므로 '계급적 차이'다. 「재채기」와 함께 '계급적 차이'에 대한 단호한 자각이 한국 문학에 재도입되는 셈인데, 이 자각은 『장원의 심부

름꾼 소년』 이후 한국 문학에서 찾아보기 힘들다가 최근 황정은의 근작들과 김애란의 『비행운』(문학과지성사, 2013)에 와서야 가까스로 되찾고 있는 것이기도 하다.

그가 귀환하자, 또한 안온했던 산책로에서 이상한 것들이 스멀스멀 붉어져 나오기도 한다. 녹슨 버스 표지판으로 시작해, 오래된 나무 전봇대, 불에 탄 경찰병력 수송용 대형버스, 1980년대풍의 노숙자 살림, 노동자들의 것으로 보이는 족구장, 불을 지르려던 폐유 웅덩이와 어린 환자를 실어 날랐던 피 묻은 들것, 그리고 마지막으로 바리케이드가 등장해서는 하천변 산책로를 이상한 풍경으로 뒤덮는다. 심지어는 바리케이드 너머에서 함성 소리마저 들리는데, 그 소리는 "무언가 할 말을 품고 있"음에 틀림없다. "내게, 아니면 다른 산책자들에게, 그도 아니면 이 세상에". 다만 "때가 되지 않았거나 내 귀가 아직 완전히 틔지 않아"(「일천구백팔십 년대식 바리케이드」) 알아듣기 힘들 뿐……그렇다면 그의 귀환 이후로 이제 우리는 전 국토에 유행처럼 번진 저녁 산책(이 건강한 무책임과 망각의 걸음걸이)을 조심해야 하는데, 왜냐하면 바로 그렇게 재개발된 산책로(대개 공장 지대였다) 틈에서, 언제 어떤 방식으로 계급 적대가, 노동자들의 피가, 함성과 바리케이드가, 그러니까 80년대가 돌출할 지 알 수 없기 때문이다.

발랄하고 건강한 2010년대식 상징적 질서 틈에서 그 모습을 드러내는 것들은 1980년대식 바리케이드만은 아닌데, 그가 귀환하자 한국 문학에 '실재'를 보는 눈도 도입된다. 절골에서 발견된 굴은 폭력의 기원(「폭력의 기원」)이다. 그 이상한 '틈'이 드러나자, 이 세계 전체의 상징질서가 실은 은폐된 폭력의 온상이었단 사실도 함께 드러난다. 아이들은 세계가 은폐한 '세계의 비참'을 먹고 자라고, 전쟁을 배우고, 살의를 느낀다. 지구를 "하나의 거대한 하트 모양으로 만드는 프로젝트"(「연옥 일기」, p. 90) 정도로는 그 실재의 틈을 메울 수 없다. 왜냐하면 모든 차이와 적대를 녹이는 "사랑의 기운"(오늘날 민주주의자나 보수주의자, 종교인, 영성주의자 들 모두 한입을 모아 주장하고 동의하는 이 숭고한 이데올로기! '차이는 없다, 차이를 소멸하라!')이 이 세계를 감싸 안게 되면, 세계에서 차이와 경계는 사라지고 따라서 모든 의미와 정체성의 기원도 사라지기 때문이다. 차이들의 체계(이것이 구조이고, 상징적 질서다)가 없는 곳에서 의미는 항상 무의미와 같아진다. 그곳은 실재의 사막이다. '하트 모양의 지구'란 그런 의미에서 완결된 신자유주의 세계 정부의 다른 말일 수도 있는데, 화폐야말로 지상에 존재하는 모든 차이나는 것들을 등가교환이 가능한 수치들로 환원할 능력을 가진 유일신이기 때문이다.

요약해본다. 백민석은 다시 계급과 적대를, 연옥 같은 세계와 함성을 데리고 돌아왔다. 그러나 아직 끝나지 않았다. 그가 데리고 돌아온 것은 더 있다.

6

마지막으로, 그는 일억의 신과 함께, 그중에서도 특별히 머리에 불을 이고 혀끝을 걸어가는 신과 함께, 그것도 한국 문학의 식별체계를 초과하면서, 강렬하게 귀환한다. 한 편에 '세계의 비참'이 지나가는 삽화처럼 무표정하게 제시된다. 어떤 소년의 이미지 하나면 족하다. '과장만이 진리다'라는 아도르노의 격언이 맞다면 우리는 인도에 당도한 화자가 처음 본 '구겨진 소년'의 이미지만으로도 세계의 비참을 충분히 가늠할 수 있다.

그런데 모양이 이상했다. 한쪽 다리는 땅을 짚고 있지만 다른 한쪽은 뒤로 꺾어서 두 다리가 직각을 이루고 있고 등은 척추가 부러진 사람처럼 굽었는데 팔 하나는 휘어져 하늘을 향해 똑바로 뻗쳐 있었다. 소년은 성한 팔 하나로 지팡이를 짚고 동냥그릇을 흔들고 있었다.

나는 어떤 알 수 없는 거대한 손아귀가 소년을 덮쳐 거칠게 쥐고 있다가 장바닥에 내던져버린 것만 같았다고 말했다.

"구겨진 검은 소년, 그게 이 나라에 대한 내 첫인상이었다니까." (「혀끝의 남자」, pp. 11~12)

"어떤 알 수 없는 거대한 손아귀"에 의해 내던져진 세계의 비참 사이로 신들이 등장한다(그럴 수밖에. 신들이란 비참의 결과이므로). 자이나교의 신, 이슬람의 신, 불교의 신, 가톨릭의 신, 그리고 힌두교의 일억의 신, 심지어는 바하이 사원의 허공까지…… 그렇다면 '여자'가 부적처럼 들고 다니는 카메라도, '남자'가 마냥 입에 물고 다니는 이상한 담배도 신이 아닐 수는 없다. 세계의 비참을 살아가되 "신 없이 살아간다는 게 어디 가능한 일이겠는가". 이제 "누군가 신을 죽였다면 오늘 누군가 새 신을 만들 것이다. 그렇게 해서 우리에겐 서로 다른 이름을 지닌 신이 일억이나 된다"(p. 48).

운명적으로 자질구레하고 비참한 신들. 데카르트에게서처럼 (고상하게도) 인식론적인 이유로 요청되는 신이 아니라, 비참한 이승의 삶을 살기 위해 누구에게나 가까스로 요청되는 신들, 그러니 지금 머리에 불을 이고 화자의 혀끝을 걷는 저 남자도 신이고, 그 이름은 '해시시'다.

나는 혀끝의 남자를 보았다. 남자는 머리에 불을 붙인 채 혀끝을 걷고 있었다.
남자와 시선이 마주쳤다는 느낌이 들지는 않았다. 하지만 남자는 내게 묻고 있는 듯했다, 신 없이 산다는 게 어디 가능하기나 하냐고. (p. 49)

세계의 비참을 홀로 견뎌내기라도 하려는 듯, 머리에 불을 붙인 채 혀끝을 걷는 남자, 저 담배신(불타는 담배는 왜 신이어서는 안 된다는 말인가). 몽롱해서 마주치기 힘든 시선을 하고, 신 없이 산다는 게 가능하기나 하냐고 묻는 저 해시시. 어쩌면 그때 백민석은 "혀끝의 신을 본 것일 수도 있다". 방금 그의 "혀끝에서 태어난 신". 그래서 그는 다시 소설을 쓰기로 작정한 것일 수도 있다. 그러니 아래의 말은 허투루 들어서는 안 된다.

혀끝에서 태어난 신일 수도 있다. 일억이나 되는 신이 마음에 들지 않아 오 분전에 내가 새로 구워낸 신일 수도 있다. 신이라면 나도 만들 수 있는 것이다. 내 혀끝이 종교의 발상지가 될 수도 있는 것이다.
그러니 나의 종교는 여기서부터 시작되었다고 할 수 있다. 그러므로 이제 모든 것은 다시 씌어져야 한다. (p. 49)

해시시가 타들어가는 혀끝은 종교의 발상지다. 그런데 만약 소설가에게도 종교가 있어야 한다면(왜냐하면 그 역시 세계의 비참을 살고 있으므로), 그것이 그의 혀끝 말고 (그는 말하는 자이니) 또 어디에서 탄생할 수 있을까? 그렇다면 이제 그 혀끝에서 모든 것이 다시 씌어져야 한다. 무표정한 얼굴로 혀끝에서 타오르는 신, 아니 불붙은 채 이제 다시 말을 시작하는 저 혀를 가진 사내, 그가 아주 무감한 기본형의 표정으로 모든 것을 다시 쓰려 한다. 완전히 무의미한 세계의 비참이 지금 그 앞에 내던져져 있다. 뭔가 큰일이 곧 일어날 참이다. 왜냐하면 진정한 분노에는 표정이 없는 법이기 때문이다.

  신기하게도, 내가 글쓰기를 그만두던 때가 어제처럼 생생하다. 돌아오기로 하고 나서 가진 첫번째 문단 술자리에서도 나는 십 년이라는 시간의 차이를 전혀 느낄 수가 없었다. 모두가 어제의 사람들 같았고 모두가 어제의 일들 같았다. 그리고 나 역시 어제의 나 같았다.

  문학과지성사와 주일우 대표의 배려가 없었다면 복귀도 이 책의 출간도 없었을 것이다. 내가 처음 작가가 되었던 것도 문학과지성사를 통해서였다. 그렇다면 이것은 귀향인가. 그저 고맙고 또 죄송할 따름이다.

  「혀끝의 남자」와 「사랑과 증오의 이모티콘」은 신작이고 이전

발표작들도 첫 문장부터 끝 문장까지 지금 여기의 시점으로 모두 고쳐 썼다. 고치는 내내 당시 내 무너져가던 정신의 일단을 보는 것 같아 괴롭고 두려웠다. 하지만 이젠 그런 감정들도 대수가 아님을 안다. 지난 십 년의 세월이 내게 그것을 가르쳤다.

가장 소중한 독자는 나 자신이다.

2013년 초겨울
백민석